中公文庫

さっぱりと欲ばらず

吉沢久子

中央公論新社

１０１歳で大往生された吉沢久子さん。
幸せな言葉をありがとうございました。

はじめに

いい思い出のみを大事にして いやなことは忘れる訓練をする

「吉沢さんは、お話ししているとき、いつも笑っていますね」

「どんな大変な経験談も、最後は笑い話になっている」

そう人から言われ、「へぇ、そうなのか」と、ちょっとびっくりしました。日ごろのクセというのは、自分では案外、気がつかないものです。

99年も生きていれば、当然ですが、いいこともあれば、悪いこともあります。

90歳を過ぎてから、戦争中に書いた日記を読み直し、「あらまぁ、こんなに大変な生活をしてきたんだ」と、改めて思ったりもしました。

苦労がない人生だったのかというと、決してそんなことはありません。つらいことも、数々ありました。

幼いころに両親が離婚し、心満たされない子ども時代を過ごしました。働き始めたのは15歳のとき。決して、いわゆるお嬢さんの生活をしてきたわけではありません。

かなり気難しいところのある夫にも仕えてきましたし、姑（しゅうとめ）を自宅で介護するなど、女性が通る道もひととおり経験してきました。

しかし私は、いい思い出のみを大事にし、いやなこと、つらかったことは忘れるようにしています。もう少し正確に言うと、忘れる訓練をしたのです。そうでないと、自分が救われないからです。

誰の心のなかにも、つらい思い出やいやな記憶はあるはずです。恨みたいことのひとつやふたつ、誰にだってあるでしょう。

でも、たいていのことは忘れてしまっていいのではないでしょうか。

ことさらそれを取り出して、

「私はこんな目にあった」

「あの人のせいでこんないやな気分になった」

などと負の感情を反芻(はんすう)しても、もやもやとしたいやな気持ちが蘇るだけで、いいことなんかまったくありません。

幸せも不幸も、自分の心がつくるもの。

「嘆きグセ」「不満グセ」がついてしまい、思考がネガティブな方向にいってしまうと、人は幸せになれません。

嘆きグセがついてしまうと、つい愚痴をこぼしたくなります。そんなとき、人は口がへの字になっており、人相もよくありません。いわゆる〝福相〟からは、かけはなれています。すると当然、福も逃げていくのではないでしょうか。

私はそういう方とは友だちでいたくないので、それとなく距離を取り、自然に離れていくようにしています。愚痴を聞いていると、聞いているこちらまで、への字口になりそうだからです。

いやなことを忘れるというのは、訓練によって意外と習慣になるものです。私がこの歳でも日々楽しく、幸せに生きていけるのも、この訓練のたまものかもしれません。

みなさんも、ときどきは重たい気分や悩みを荷下ろしして、さっぱりとした気持ちで過ごすことをなさってみてはいかがでしょうか。

目次

第2章

「笑ってすます」ために私が避けてきたこと

第3章 世間体を気にしない素敵な生き方　89

第4章 生まれて99年こんな人生を歩んできました　119

第5章

家事を楽しくこなすには

第6章 老いてからも笑って過ごすために　199

装幀◎鈴木久美
装画◎ kanaexpress
構成◎篠藤ゆり

さっぱりと欲ばらず

第1章

「さっぱりと欲ばらず生きる」ために私がしてきたこと

明るく生きるには
欲ばらないことが大切

しかめっ面で過ごしても人生、笑っても人生。だったら、笑って過ごしたほうがいい。

私はずっと、そう思って生きてきました。

あまりいろいろなことを気に病まないのは、もともとの性格も多少は関係しているのでしょう。しかし、それだけではありません。

私は小さいころから、それなりに苦労して生きてきました。だからこそ、幸せになるために、ある意味〝損得〟を考えるようになりました。

あれこれ悩むのと、明るく生きるのと、どちらが幸せになれるのか。言いかえると、どちらが人生にとって得か。

そう考えて、私は自分にとって得なほうを選んだのです。そして、「明るく前向きに生きよう」と自分に言い聞かせ、自分でそういうふうに仕向けてきました。

明るく生きるには、欲ばらないことです。足ることを知れば、そうそうつらくはなりません。

たとえば結婚したからには、子どもがほしいと願う人も多いでしょう。なかなか授からなかった人は、子どもができたというだけで、幸せを感じるに違いありません。

ところが生まれたら生まれたで、いい成績を取ってほしい、いい学校に行ってほしいと、新たな欲が生まれてきます。

私は、なにもいらないと思って生きてきました。伴侶は得ることができたし、住む家もあるのだから、それ以上、なにも望むまい、と。ですから自分で産んだ子もいませんし、贅沢な暮らしもしてきませんでした。そして、日々の暮らしのなかでどうしたら自分を楽しませられるかを、考えてきました。

おいしいものを食べる。

日々の暮らしのなかで小さな美しさを見つける。

そんなささやかなことが、自分を楽しませ、生きる喜びを与えてくれました。

なによりの幸せは、いい人間関係に恵まれたこと。

これ以上の財産はないと思っています。

起きてしまったことを
くよくよするより
笑って気持ちを切り替える

私は幼いころ、和服で暮らしていたので、戦前は洋服より和服のほうが身近でした。

働いてお金を得るようになると、洋服は安い布を買って自分で縫い、なけなしのお金を貯めて和服や小物を少しずつ買ったりもしました。

戦争末期から戦後すぐの食糧難の時代、着物はお米や野菜と交換するための大事な物資となりました。農家に着物を持っていくと、食べ物と換えてもらえるのです。

ところがある日、家に帰ると、親の形見から自分が買ったものまで、着物や帯がすっかりなくなっていました。

泥棒に盗まれたと気づいた私は、思わず笑い出してしまいました。なぜか泥棒に気持ちを見透かされたような気がしたからです。

忙しい日常をこなすには、洋服のほうが合理的です。でも、もともと和服を着慣れているため、家ではつい着物を着たくなってしまいます。ですから仕事に出かけるときは洋服で、帰宅すると着物に着替えるという生活をしていました。しかしどこかで、着物と洋服の二重生活は面倒だという気持ちがありました。

妙なもので、カラカラと笑ったら、盗まれてかえってサッパリしたという気持ちになりました。そして、これからは着物を着ないで生きていこうと、その場でパッと決めてしまいました。それ以降、私は着物を1枚も買ったことがありません。

結婚したとき、姑が冠婚葬祭用の着物を用意してくれましたが、それにも袖を通すことなく、姑が亡くなってから着てくださる方に差し上げました。

そんなふうに、私はたいていのことは笑ってすませてしまいます。

なにかいやな目にあっても、よくないことが起きても、くよくよするより笑い飛ばしたほうがいい。なぜなら、笑うことで自然と気持ちがふっきれて、楽になるからです。

命をとられたわけではなし、世の中のたいていのことは、笑ってすますことができる。

それが私の生活信条かもしれません。

美しいものは
どんな小さなものでも
見逃さない

私は格言や偉い人の言葉は、あまり覚えておりません。そのかわり身近な人の言葉は、しっかり心に刻み込まれています。なかでも夫であった古谷綱武（ふるやつなたけ）と、古谷の母である姑の言葉は、私の生き方の指針となっているものが多くあります。つくづく、自分は身近な人に育ててもらったのだなと感じます。

古谷と初めて会ったのは23歳のとき。当時私は速記者をしていたので、古谷のお手伝いをしている女性を通じて講演内容を速記でおこすことを頼まれたのが、知りあうきっかけでした。

そのころすでに文芸評論家として活躍していた古谷の目には、どうやら私は、ずいぶん雑に物事を見ている人間だと映ったようです。後に結婚してから、

「美しいものは、どんな小さなものでも決して見逃すな」

と言われました。

なんていい言葉だろうと思った私は、それからは小さなものの美しさを見逃すまいと心に決めて生きてきました。

ともすれば踏みつけてしまいそうな雑草の花も、たしかによくよく見るととても美しいし、たくましいのです。たとえばイヌフグリの花は、直径3～5ミリしかありませんが、やさしいブルーでとても愛らしい。ハコベの白い小さな花も可憐です。

小さなものの美しさに気づいた私は、家のあちこちに虫めがねを置くようになり、散歩に出かけるときもポケットに虫めがねをしのばせるようになりました。するといろいろな発見があり、楽しくて仕方ありません。それまでは見落としていたようなものがどんどん目に入るようになり、

「あら、こんなところにこんなものが」

と、毎日ワクワクするのです。そのうち双眼鏡も買い、庭に来る小鳥を見るようになりました。

私はセリでもミツバでも、なるべく根つきのものを買うようにしています。そ

してひととおり食べたら、根の部分を庭に植えるのです。

あるとき、セリを植えておいたら、線香花火をパッと散らしたような白い花が咲きました。本当に可憐で素敵だったので、大事にして、虫めがねで一所懸命見たり、摘んできてなにげなく小さな瓶に挿し、食卓に飾りました。

古谷はなんの花だか、まったくわからなかったようです。私が、

「これはうちのセリの花よ」

と言ったら、しばらくじーっと見ていましたが、それから人が来るたびに、

「これはセリの花だよ、知ってるか」

などと、偉そうに言っておりました。

しおれさせまいと思って埋めたまま忘れていたゴボウが、素朴でかわいい花を咲かせたのにもびっくり。うれしくて活けたり、わざわざ写真を撮ってもらって葉書にしたりしています。そんなふうにしているうちに、植物にとても興味が湧くようになりました。

うちの庭では草花や季節の野菜を育てていますが、野菜の花もとてもかわいらしいものです。キュウリは鮮やかな黄色い花が咲き、やがて根元が少しずつ膨らんでちっちゃなキュウリが生まれ、だんだん育っていく。収穫しそこねたキュウリが30センチくらいに育ったのを見て、こんな恰好（かっこう）になるのか、いったいどこまで大きくなるんだろう、面白いなぁと思ったこともあります。

そんなささやかなことに感動したり、面白がったりするようになったのも、古谷の言葉のおかげだと感謝しています。

欠点があるのはお互いさま
人のいい面だけを見る

夫が文芸評論家だったこともあり、家にはしょっちゅう文学関係の人が出入りしていました。

かつての文士はクセがある人が多く、無頼な人もそれなりにいました。お酒にだらしない人もいれば、自分の家も人の家もおかまいなしで、夜中に押しかけてくる人もいる。私の目からはずいぶん非常識に思われました。

そこでつい、

「あの方、好きじゃないわ」

と文句を言ったところ、夫から、

「人の欠点は3歳の子でも気づくものだ。大人に見えるのはあたりまえなので、そんなものは見えても見るな。人のいいところだけを見るようにしなさい」

と怒られました。

私は結婚前から夫の秘書をつとめていたので、いわば仕事の上司と部下の関係でした。結婚してからも、そのころからの上下関係が続いたようなところがあり、なにかあるごとに夫から叱られたものです。

そのときは、

「なんでいちいち、こんなことを言われなくてはいけないのだろう」

と、少々むかっ腹も立ちますが、よく考えると、本当にそうだと腑に落ちることが多いのです。このときも、なるほどいい言葉だなと思い、以降、実践することにしました。


世の中には、欠点のない人なんていません。どんな人にも、いいところもあれば、悪いところもあります。自分だって欠点がたくさんあるのだから、お互いさま。人の欠点をあげつらうのは、傲慢(ごうまん)なことかもしれません。

もし人の悪い点に気づいたら、見えても見ないようにし、心のなかで、

「自分にも同じような面があるかもしれない。気をつけよう」

と、自らへの戒めにすればよいのです。


人の欠点をあえて見ないようにすると、人間関係が楽になります。

「まぁ、人はいろいろだし。それにあの人は、こんないいところがあるのだから」

と、その方の美点だけを見るようにすると、イライラしないですむのです。

逆に人の欠点を気にし始めると、イライラの種はつきません。すると腹が立つことも多く、日々面白くない気分でいることになります。

そう考えると、

「人の欠点は、見えても見るな。いいところだけを見るように」

というのは、人づきあいのコツであると同時に、幸せに生きるための極意と言っていいかもしれません。

笑ってしまうのは、実は古谷本人は、けっこう人の批判をするのです。たぶん夫にとって、「人の欠点は、見えても見るな。いいところだけを見るように」という言葉は、できることなら自分はこうありたいという理想の姿だったのかもしれません。

あまり大きな望みを持たず
目の前のことを全力で

30代の半ばごろだったでしょうか。知人の結婚式に招かれた際、新郎の恩師である童話作家の坪田譲治（つぼたじょうじ）先生が、こんな祝辞を述べられました。

「望みは小さく持ったほうがいい」

一瞬、「えっ？」と思いました。というのも、お祝いの席ではふつう、「大きな望みを持って羽ばたけ」と言いそうなものだからです。ところが坪田先生は、逆のことをおっしゃったのです。

大きな望みを持つと、実現させるために、長く険しい道を歩くことになります。もしかしたら途中で挫折し、敗北感に打ちのめされるかもしれません。

しかし、自分の足で確実に登ることができる山なら、頂上に辿りついたときの達成感も得られるし、この経験をもとに次はもう少し高い山にチャレンジしてみようと、新たな計画を立てられます。

坪田先生は、そういうことをおっしゃりたいのだ。

私はそう受け止めました。まさに目からウロコが落ちた瞬間だったと言っても過言ではありません。

それまでの私は、あれもしたい、これもしたいと、望みだけは人一倍大きく、貪欲でした。しかし一方で、それを成し遂げるには途方もない努力が必要だということに、気づいていませんでした。

その結果、望むことが叶わないというストレスでいっぱいになり、いつもなんとなく満たされない気持ちでいたのです。そんな私の様子を、坪田先生にピタッと言いあてられたような気がしました。

それからはやみくもに大きな望みを抱かず、身の丈にあった目標を立て、一つひとつ丁寧に取り組むようにしました。ひとことで言うと、虚勢を張ることがなくなった、ということかもしれません。

おかげで小さな幸せに気づくことができるようになり、ささいな歓びで日々を楽しく生きられるようになりました。

日常生活のなかで自分なりにしてきた家事の工夫を、新聞や雑誌などに少しずつ書くようになったのもこのころです。そして気がつくと〝家事評論家〟という肩書で呼ばれるようになり、仕事の幅も少しずつ広がり、今に至っています。

やみくもに大きな望みを抱かず、目の前の小さな目標に真摯に取り組めばいい。その連続が生きることなのだと、坪田先生は教えてくださいました。

私が今、この歳でも仕事をしていられるのは、坪田先生の言葉と出会ったおかげかもしれません。

人は人、自分は自分
人のやることに口出しをしない

人は人、自分は自分。

わりとそういうところは、ハッキリ区別してきたように思います。

人は一人ひとり違う価値観や感性を持っているのだから、自分と違っていてあたりまえ。だから意見や考え方が違っても、

「へぇ、この人はこういう考え方をするのか」

と思い、見過ごしていればいい。そう思っているからこそ、かえって人に対してわりとやさしくできるのかな、という気もします。

私は〝家事評論家〟として、長年、料理や家事についていろいろ書いてきました。しかし普段は、料理でも家事でも人から「教えて」と請われたらなにかしらアドバイスしますが、そうでなければ口出しはしません。やはりその人、その人でやり方があると思うからです。

誰だって、横からやいのやいの言われたら、あまり気分がいいものではないはずです。たとえちょっと間違ったことをしていても、「あらあら」と思うようなことをしても、口は出さずにあえて目をつぶることも大切かと思います。

以前は若い方を何人もうちでお預かりしていましたが、若い人もそれぞれ個性があり、自分なりの考え方を持っているものです。ですから、いくら私のほうが年上で、さまざまな人生経験を積んできたからといって、自分の考えをあまり押しつけませんでした。ただ年上ということだけで、上から目線でなにか言うのは、おこがましいと思っていたからです。

一人ひとりの個性を尊重してきたからこそ、みなさん、後々私と過ごした時間を懐かしく思ってくださるのではないでしょうか。今もときどき、訪ねてきてくれます。老いて外出がままならなくなった私にとって、みなさんの訪問はとても貴重な時間。ありがたいなと思っています。

日常生活や仕事のなかで人と意見がぶつかっても、自分にとって絶対に譲れないものではないのなら、私は我を通さずに「とりあえずこの人にしたがっておこう」と、相手を受け入れます。私は思いのほか我慢強いのです。

ただし、ここだけは譲れないというときは、「イヤなものはイヤ」という態度を貫きます。その点は、ハッキリしているほうだと思います。

普段、なんでもかんでも自分のやりたい放題で我を通すのは、単なるワガママです。ほとんどのことはやり過ごして、ここぞというときに自分を通す。それが人と摩擦を起こさず、それでいて自分らしさを失わずに生きるためのコツかもしれません。

なにかを手放すときは
パッと気持ちを切り替えて
潔く

私は生活全般にかかわるさまざまな仕事をしてきましたが、なかでも大きな比重を占めていたのが食に関する仕事でした。

もともと食べるのが大好きでしたし、つくるのも好き。ですからさまざまな料理人や料理研究家から話を聞く仕事だけではなく、自分でも料理をつくり、デモンストレーションのようなこともしていました。

しかし50代に入ってから、

「あれっ、なにかが以前と違う」

と感じるようになりました。たとえば人前で鯵の頭をスパッと落とそうとして、一気に切れなかったり、ときどき固いものが切りにくいなと感じるようになったのです。

「これが衰えるということか」

そう思いました。

若いころより筋力が落ち、包丁さばきが鈍くなってきたのです。ですから50代半ばにさしかかるころ、もうこれからは人前で仕事として料理を披露するのはやめようと決めました。

そういうとき、私はかなり潔いほうだと思います。自分が理想とする仕事のやり方ができないなら、それまでのキャリアに固執せず、スパッとやめよう。その代わり、違う仕事のやり方を探せばいい。

言ってみれば、切り替えが早いのでしょう。

力がなくなってきたら、生のカボチャはうまく切れません。だったら、ちょっと電子レンジにかけてからカボチャを切ればいいのではないか。そういう生活術というか、どう暮らしを便利にしていくかということに、興味が移っていきました。

おりしも働く女性が徐々に増えていった時期。私が提案する効率的な暮らしのアイデアを、雑誌などでずいぶん取り上げていただきました。

できないことや、衰えてきたことにしがみつくよりは、今の自分にできることを探す。それが私の生き方です。

若いころからそういう習慣を身につけておいたおかげで、歳を重ねて日々衰えを実感するようになっても、鬱々とすることなく笑って生きていられるのだと思います。

「おいしいもの」が生きる喜びを感じさせてくれる

ひとり暮らしが始まったのは、夫が亡くなった66歳のとき。

今、私はひとりの生活を心から楽しんでいます。一番幸せを感じるのは、おいしいものを食べているとき。ひとりで食べるのもいいし、友だちや仲間とワイワイ食べるのも、私にとっては幸せな時間です。

この歳になると、そうそうたくさん食べるわけではないので、自分が本当においしいと思うものだけを食べたいのです。

古谷は晩年、

「あと何回食べられるかわからないのだから、一食でもまずいものは食べたくない」

と威張っており、おかげで私は苦労しましたが、私自身おいしいものを食べたいのでがんばってつくっていました。

夫の気持ちは、今になるとよくわかります。私も先が短い身ですから、意に沿わぬものは食べたくありません。お肉を食べたいときはたっぷり食べるし、甘いものも我慢しません。食べたいものを、心おきなくいただきたいのです。

実は夫が亡くなってしばらくは、ろくな料理をつくりませんでした。ひとりになったのだから、食べたくなかったら食べなくてもいい。外食したければ外食すればいい。

料理をする気にならず、近所に住んでいる妹や友人に、

「お肉買っていくから、すきやきを食べさせて」

などとお願いしたりしていたのです。

気が楽だと思う一方で、なにやら自分自身に裏切られたような気持ちもありました。あれほど料理が好きだったのに、いったいどうしたのだろう、と。

要するにそれまでの私は、ひたすら姑や夫の好きなものをつくっており、自分のために料理をしてこなかったのです。だから、自分ひとりのためだったらどうでもいい、みたいな気持ちになっていたのでしょう。

夫の死後、半年ほどたったころのことです。和食の店で、つきだしに柿とこんにゃくの白和えが出てきました。白和えは私の大好物ですが、小さな器なので、どうにも食べ足りないのです。かといって、おかわりをお願いするわけにもいきません。

よし、だったら家でつくろうと、久々に前向きな気持ちになりました。

自分でこしらえたら、やっぱり口にあうし、食べたいだけ食べられます。それからです、自分が食べたいものを、自分のためにつくろう、と思ったのは。

最近はさすがに料理も大変になってきたので、人に手伝ってもらったり、ときにはお惣菜を買ってきてもらったりしています。昔と違い、お惣菜の種類が増え、和洋中華、なんでもおいしいものが手に入るので、老いた身には助かっています。

ひとりの時間を豊かにするために私にとって欠かせないのは、おいしいものを食べること。今もその思いをかみしめています。

特別なことはなにもせず
〝能天気〟がなによりの健康法

「どうしたら、100歳近くまでお元気でいられるのですか？」

よくそう聞かれますが、私にはとくにこれといった健康法はありません。ウォーキングもしなければ、食事制限もしていません。玄米は苦手なので、もっぱら白米。いわゆる健康食品も摂っていませんし、お菓子も、ほぼ毎日なにかしら食べています。

体が欲するものを、おいしくいただく。ただそれだけで、ここまで生きてきました。

90歳くらいまでは、病気もほとんどしたことがありませんでした。ただし40代のころ、乳がんが疑われて手術を勧められたことがあります。でも自分ではがんではないという勘が働いたので、別のお医者様に診ていただいたところ、乳腺炎だとわかりました。

私がこの歳まで健康でいられたのは、もともと体が丈夫だったのかもしれません。本当に恥ずかしいくらい、健康のためにはとくになにもせずにこの歳まできました。ただひとつ言えるとしたら、わずらわしいストレスを遠ざけてきたことが、なによりの健康法だったと思います。

苦手な人からはうまく遠ざかり、たいていのことは笑ってすませ、人と自分を比べない。

細かいことを気にせず、能天気に明るく生きてきたことが、健康につながったような気がします。

第2章

「笑ってすます」ために私が避けてきたこと

人間関係に
深入りすることは避け
距離感を大事にする

この歳になると、なかなか外出もままならず、ほとんどの時間を家で過ごさざるをえません。でも古くからの知人や友人、仕事関係の方などが訪れてくださるおかげで、孤独にならずにすみます。

そう言うと、いかにも私が人間関係を広げるためにエネルギーを注いできたように思われるかもしれませんが、決してそういうわけではありません。むしろ、人間関係に深入りすることを意識的に避けてきました。

私は人から相談されても、できないことはできないとハッキリ言いますし、頼まれもしないのに進んで人の世話を焼くこともしません。また、必要以上に人に頼ろうとも思いません。このような態度を冷たい、あるいは水くさいと感じる人もいるかと思いますが、そういう濃厚なおつきあいを好む方とは、私はあまり相性がよくないのでしょう。

人とつきあう場合、気をつけているのは、なるべく相手の領域に踏み込まないこと。どんなに親しくても、人間には触れてほしくない部分があるものです。そういうところには、絶対に触れないようにしています。

いずれにせよ、大人どうしであれば、距離感を測りつつ、腹八分目のおつきあいをするのがいいのではないでしょうか。理想は、お互いに自立しており、必要以上に私生活に入り込まない関係です。

淡々としたおつきあいのほうが、結果的に長く続くのではないかと私は思っています。

人と自分を比較せず
無駄な競争は避ける

ライバル心というのは、ときに自分を奮起させ、がんばらせるための原動力となります。しかしやみくもに人と自分を比べ、ライバル心を燃やしていると、焦りや苛立ちが生じやすく、結局自分がしんどくなります。ですから私は、人がなにをしているか、人からどう思われ、見られているかといったことには、なるべく無関心でいるようにしてきました。

競争の渦中にも、入らないように注意しています。世の中の競争のほとんどが、どうでもいいことです。そんなことに別にかかわらなくてもいいし、ましてや自分が当事者となり、誰かと競争するなんて面倒なだけです。

私は仕事を長く続けてきましたが、若いころから、女性に対してあまりライバル心はありませんでした。私の仕事が家事にまつわることだったのも、理由のひとつかもしれません。

私が家事評論家として仕事を始めたのは、昭和25年ごろです。マスコミの世界で活躍している女性たちは、あまり家事をしない方がほとんどだったように思います。女性の作家たちも、お手伝いさんを使っていた方も多かった時代です。

また偉い女性の方々のなかには、社会的なことのほうが大事で、家事などたいした仕事ではないと、半ば軽蔑している人もいました。

ところが私が一所懸命考えていたのは、効率のいい掃除の仕方や、ご飯の炊き方など。言ってみれば偉い女性の方々が「どうでもいい」とバカにしているようなことを、コツコツやっていたのです。

そういうことを仕事にしている人は他にいなかったので、ライバルもいませんでした。ですから人と比べる必要もなく、自分が関心のあることを追求していればよかったのです。

長年にわたって料理の記事を書いたりテレビの料理番組の司会などもつとめましたが、私はいわゆる料理研究家やお料理の先生ではありません。偉い先生方と立場が違っていたのも、幸いだったのかもしれません。むしろ客観的に先生方を見て、競争もありそうだし、大変だろうなと思ったことも少なくありません。

あるとき、料理番組の司会をしていたら、出演している先生がところてんをつくるのに流し箱に食品用のラップフィルムを敷きました。なるほどと思い、

「これは便利ですね」

と言ったところ、後日他のお料理の先生から、

「あれは私が考えたのよ」

と怒られてしまいました。一応謝りましたが、内心、どうでもいいことなのに、と思っていました。

ラップフィルムという新しい商品が世に出れば、みんなそれぞれ使い方を考えるはずです。誰が先に考えた、といったようなものではありません。でもライバル心があるせいで、そんな些細なことでさえ、苛立ちの原因になってしまうのでしょう。

自分は自分。

いつもそう思い、人と自分を比べず、無駄な競争は避ける。

これは、心穏やかに笑って過ごすためのコツではないかと思います。

夫婦とはいえ別の人格
必要以上に立ち入らない

最近は「夫は私のことを理解してくれない」と不満を抱く女性も多いようですが、そもそも他人を完全に理解することなど、無理ではないかと思います。自分自身のことですら、すべて理解することは難しいのですから。それは夫婦であっても、同じだと思います。

うちでは夫婦の間でも、お互いになるべく立ち入らない部分をつくっていました。ひとつには夫の古谷が文芸評論家で、二人ともマスコミにかかわって仕事をしていたため、広い意味での同業者だったからです。

仕事に関してはとくに、聞かれたこと以外はあまり口出ししなかったし、私も話しませんでした。もちろん相談されたら一緒に考えますが、全体としては、わりと淡々としていたかもしれません。

あるとき、打ち合わせのためにある雑誌社の編集部を訪れたら、どこかから、「今、古谷綱武の家に行ってきたよ」

という声が聞こえてきました。そうなのかと思いましたが、そこでわざわざ、「古谷の家内でございます。夫がいつもお世話になっております」などと挨拶をするのは、みっともないと思いました。ですから知らん顔。家に帰っても、その話はしませんでした。

「古谷久子」ではなく、「吉沢久子」という名前で仕事をしているからには、仕事の上ではお互いに独立したまったく別個の存在です。そのあたり、一線はきちんと引いたほうがいいと私は考えています。

夫婦であれ、まったく別の個性と感性を持った他人です。だから自分とは違って当然。お互いに〝個〟として譲れない部分があると思います。ですから夫婦であっても、あまりずかずか相手の領域に踏み込まないほうが、お互いの関係を円滑に保つことができるのではないでしょうか。

「こうあってほしい」「こうしてほしい」と相手に対して要求が多ければ多いほど、満たされない思いがふくれあがり、イライラも募ります。そうなれば、結局は自分がしんどいだけです。

自分とは違う人間なのだから、思い通りにならないのはしようがないし、お互いに立ち入らない領域を持っているのは当然。そう心得てほどよい距離感を保っていたほうが、夫婦間で波風も立ちにくく、お互いに生きやすいのではないかと思います。

愚痴を言わないためには
いやなことは避けて通る

愚痴を言わないためには、いやなことや苦手な人を上手に避けて通ることも必要かもしれません。義理に縛られ、本意ではないことをしていると、不満も募ります。ときには逃げ足を速くすることも、大切かと思います。

しかし仕事上の人間関係や家族関係など、どうしても避けられないいやなこともあるでしょう。そういう場合は感情を溜めず、淡々としているに限ります。生きていれば、不条理なことのひとつやふたつ、必ずあるはずですから。我慢することも、ときには必要でしょう。

あるとき、仕事上のことで夫にちょっぴり愚痴をこぼしたところ、

「みっともないからよせ」

と言われました。愚痴を言うのは、夫の美意識に反することだったのです。たしかに愚痴をこぼしているときの人間の顔は、不満たらしくて、醜いものです。

それまでも私は、ほとんど愚痴をこぼしたことがありませんでした。母が愚痴っぽかったので、子ども心にも聞かされるのがイヤだったからです。

愚痴は聞くのも言うのもイヤ。そう思っていたのに、たまたま夫にちょっぴり

愚痴をこぼしたのは、甘えがあったからかもしれません。

「あぁ、これからは夫にも決して愚痴を言うまい」

と、心に誓いました。

考えてみれば夫も姑も、愚痴は言わない人でした。とくに姑は、その点、本当に見事だったと思います。前向きで朗らかで、いつも自分らしくまっすぐに生きていた。お手本にしなくてはいけないなと思っていました。

心と心のつながりを大切に
義理のおつきあいは避ける

私はいわゆる盆暮れの贈答はしません。夫が生きているころから、そうでした。夫も私も、形式的な贈りものは好まなかったのです。

その代わり、友人や知人、お世話になっている方に贈りものをすることはよくあります。とくにおいしいものを食べたとき、

「あの人にもぜひこれを食べてもらいたい」

「あの人ならきっと、この味が好きなはず」

と、誰かの顔が浮かんでくるのです。そんなときには、なるべくすぐ贈るようにしています。

年賀状も、ある時期から出すのをやめました。仕事関係の人や知人にもれなく年賀状を書こうとすると、500枚は下りません。年末は仕事の締め切り、大掃除、お正月の料理の準備などで立てこみ、それこそ目がまわるような忙しさです。そんななか、暮れのうちから徹夜をしながら新年の挨拶を書くのは、なんだか納得できない気がしたのです。

そこで60歳になったとき、

「これからは年賀状を失礼させていただきます」
と公言し、やめることにしました。おかげでずいぶんと気が楽になりました。

義理のおつきあいも、なるべく避けるようにしています。とくに80歳を過ぎてからは、肉体的な負担も大きいので、パーティーなどにも顔を出さないと決めました。

私自身の出版記念パーティーも、最初の1回しかしていません。というのも、来てくださった方がいずれなにか催しをなさった場合、相手の方は私を招待しなくてはと思うだろうし、私のほうもお断りしづらいからです。

長い間、日本では、季節のご挨拶や冠婚葬祭など義理のおつきあいをきっちりすることが美徳であり、人としての作法だと考えられてきました。しかし、自分の身を削ってまで義理に縛られることはないと思うのです。

とくに老齢ともなれば、体力も衰えてきます。

「歳のせいで疲れやすくて」と言えば、たいていのことは受け入れてもらえます。

時間的にも精神的にも負担になる儀礼的なおつきあいは排するけれど、大切な人との心のつながりは大事にする。それでいいのではないでしょうか。

冠婚葬祭の常識に縛られない
大切なのは本質

冠婚葬祭を大事にするのは、世間一般ではあたりまえのことだと思います。そういうことをないがしろにしないことが、人としてあるべき姿だというのが、一般的な常識ではないでしょうか。

でも私は、とくに親しくもない方や個人的に存じあげていない方のところにまでなぜお香典を持っていくのかと、なんとなく違和感を抱いていました。ですからいろいろな方が亡くなったとき、お香典を持って駆けつける、みたいなことはしてきませんでした。

葬儀に関して自分の考えがはっきりしたのは、姑の死がきっかけでした。姑は96歳まで生きたので、お友だちもほとんど先に旅立っています。お葬式をしたところで、来てくださるのは、私たち夫婦への義理を立てて足を運んでくださる方がほとんどでしょう。

通夜や告別式は突然のことですから、忙しい方々のお時間を奪うのは申し訳ありません。そこで夫のきょうだいたちが話しあい、身内だけで見送ることにしました。

お供えものは、姑が好きだったチーズケーキと紅茶。たくさんのお花を飾り、姑の思い出を語りながらお別れしました。

質素ではありましたが、とても豊かで、美しい時間だったと思います。古谷の妹の夫である俳優の滝沢修(たきざわおさむ)さんも、

「心がこもっていていいですね。滝沢家でもこのスタイルにしよう」

と言ってくださいました。

「自分のときも同じようにしてくれ」

夫からそう言われていたので、姑を亡くした後、古谷が逝ったときも、私たちらしいやり方でお別れをすることにしました。

そんなふうに常識や世間体にとらわれない私の生き方は、人によっては、自分

勝手に映るかもしれません。

でも、価値観が違う人にどれだけ説明してても理解してもらえないのなら、今後その人たちとのつきあいは遠ざけよう。あるときから私は、そう心に決めました。いやいやつきあったところで、時間ももったいないし、心の健康にもよくないからです。

そのあたりは、自分でもキッパリしているほうだと思います。

「イヤなことはイヤ」と我を通すのも、自分らしく生きるためには大事なことです。義理に縛られ、本意ではないことを無理やり続けていると、結局はストレスから体にも負担がかかります。

別に万人から好かれる必要はありません。

嫌われたらどうしよう、変わりものだと仲間外れになったらどうしようなどと余計な心配はせずに、本当に気のあう人とだけ人間関係を続けていけばいい。

私はそう考えて、生きてきたのです。

悪口や噂話には
かかわらないのが一番

私は、人の悪口や噂話には加わりません。

たまたま場がそういう雰囲気になったときは、「ちょっと失礼しますね」と、自然に席をはずすことにしています。

どうしてもその場を離れることができない場合は、うまく話をそらすか、決して同意するそぶりを見せずに、なんとかやり過ごすようにします。そのうち相手も張り合いがなくなるのでしょう。私には言ってこなくなります。


悪口を言うときの人の顔は、観察すると、醜くゆがんでいるはずです。相手をおとしめるような噂話をしている人たちの顔も同じです。

頻繁にそういう顔をしていると、その表情が顔に刻み込まれ、いずれ意地の悪い顔つきになってしまうことでしょう。


噂話が好きな人は、その場で一緒に盛り上がっていた人のことも、また別の場で噂をするはずです。悪口も然(しか)り。ですから目の前で人の悪口を言っている人を

見ると、

「あぁ、きっと私のこともどこかで悪く言っているんだろうなぁ」

と思います。


そういう人とは、かかわらないのが一番。

価値観を共有できる人と、風通しがいい、ほどほどの人間関係を大事にするだけで十分だと思います。

むやみに電話はかけず
葉書でさりげなく
近況を知らせる

電話をかけるというのは、こちらの都合で相手を勝手に呼び出すことです。向こうは料理をしている最中かもしれないし、来客中かもしれません。そんなとき、呼び出し音で中断させられるのは、正直、迷惑なのではないでしょうか。

電話はいわば相手の私生活に、ずかずか踏み込んでいくようなもの。そんな気がするのです。

ましてや相手の事情を考慮せず、延々と長話をするのは、失礼にあたると思います。ですから私は、要件がある場合以外は、なるべく電話をかけないようにしています。

そのかわり、葉書はよく出します。なにかを送るときの添え状や、いただいた品のお礼、読者の方へのお返事など、毎日1～3通は書いているのではないでしょうか。

いつでも気軽に書き始められるよう、すぐ手に取れる場所に葉書や便せん、万年筆、切手などを置いています。葉書は、絵がついているものが重宝します。味わいがあるし、ほんのひとこと、ふたこと書けばよいので、億劫(おっくう)にならないのです。

なにかいただきものをした際のお礼の挨拶は、葉書より電話のほうが早くていいという方もいらっしゃるようです。でも私は、いただきものをしたうえに、相手を電話口に呼び出すというのは、どうも気が引けるのです。

最近はメールですませる方も多いようですが、私の世代ですと、それもなんだか味気ない気がします。

葉書の書き出しで庭の草花について触れることが多いのですが、文章で表そうとすると、じっくり観察するようになります。すると、ささやかな美しさを見落とすことがなくなり、自分自身、毎日小さな感動をいただくことができます。ですから、葉書を書くというのは、決して相手への儀礼だけではなく、私にとっては、自分の心を見つめるいい機会でもあるのです。

最近は足腰が弱り、外を歩けなくなりましたが、92、93歳くらいまでは1日に1回郵便ポストまで歩くことを、運動がわりにしていました。葉書は私の心と体をいきいきとさせてくれる、大事な習慣だったのです。

親しい人との間でも
金銭の貸し借りはしない

親しい人との間でも、金銭の貸し借りはしてはいけないと思います。貸し借りがきっかけでつきあいがなくなったり、仲がこじれるのは、よくあること。若いときにそういうことを身のまわりでよく見てきたので、私は一切、金銭の貸し借りはしないと心に決めて生きてきました。

ただ、親戚や本当に仲がいい人が困っており、融通してほしいと頼まれると、なかなかむげには断れないものです。そういう場合は多少のお金を用意し、

「私に今できるのはこれだけなの。これは返さなくていいから、役立ててちょうだいね」

という言い方をすると、角が立ちません。

ずいぶん昔のことですが、一度、失敗したことがあります。夫の留守中に夫がお世話になっているという方がうちに来て、

「故郷に帰る汽車賃がないから貸してほしい」

というのです。夫の知人なら、ということでお貸ししたのですが、帰宅した古

谷から、

「お金を貸したからには、その人との縁が切れると思わなくてはダメだ」

と怒られました。お金を借りるのは困っているからで、それを返すとなると、もっと大変になる。そう諭され、なるほどと納得しました。

いったんお金を貸してしまうと、なかなか返ってこなかったとき、催促をするほうもつらいもの。身内であっても、やはりお金の貸し借りはできるだけ避けたほうがいいと思います。

第3章

世間体を気にしない素敵な生き方

自分らしく生きるために
世間体は気にしない

自分らしく生きるためには、世間体など気にしてはいけない。

私はそのことを、姑から学びました。


古谷の母は外交官の娘で、人の取り持ちで古谷の父と結婚しました。当時、上流階級の子女は自由恋愛で結婚することはまずなく、まわりの人たちが決めたしかるべき相手と、しかるべき時期に結婚するというのが普通でした。

古谷の父も外交官で、二人の間には子どもが生まれました。ところが姑は30代半ばで離婚。好きになった年下の男性と再婚したのです。


まわりの人たちが決めた相手と結婚し、外交官夫人として何不自由ない生活を送っていた姑。しかし30代になって目覚め、人間にとって本当の幸せとはなにか、女性にとって真の幸せとはなにか、自分なりに突きつめて考えたのでしょう。

あの時代、外交官夫人としてはかなりスキャンダラスな行動だったはずですし、世間体を気にしていたら決してできない決断だったと思います。

一方、ある日突然、母親に去られた子どもたちの悲しみと戸惑いもまた、大変なものだったに違いありません。

しかし大人になってからは、きょうだい全員、母親を理解するようになり、い
い関係を築きました。結婚後、私もよく姑のところに遊びに行っていました。女性として本当に素敵な方でしたので、私は心から尊敬し、女性の先輩として憧れていました。

姑が再婚したお相手の方はとてもやさしい方で、逗子の海岸で集めた貝殻を、自分が倒れたら私にあげてくれと姑に伝えていたそうです。私はその話を聞いて、なんと心がこまやかで、ロマンチストなのだろうと、心底感激しました。

二人は本当に仲睦まじい夫婦でしたし、決して経済的に豊かとはいえませんでしたが、姑は心底幸せだったと思います。姑は自分に正直に、まっすぐ生きてきました。その分、子どもと別れる心の痛みも引き受けたことでしょう。

一方、古谷の父は日本にいるのがいやになり、職を辞してブラジルに移住。現

地で再婚し、広大なコーヒー園を経営して生涯を終えました。生前は日系人のための社会事業にも尽力し、ブラジルでとても尊敬されたと聞いています。

一時は傷つき、傷つけあい、苦しい思いもしたことでしょう。しかしお互い相性のいい新たな伴侶を得て、それぞれに自分らしい生き方をまっとうすることができたのですから、結果的に離婚したことはよかったのかもしれません。

老いても楽しく生きるには自分なりの価値観を持つことが大切

姑と同居することになったのは、姑が連れあいに先立たれた74歳、私が44歳のときでした。

同居を持ちかけたときの姑の反応は、

「気持ちはうれしいけれど、私はひとりになったら養老院に入るつもりで、そのための分は貯金してきた」

というものでした。

当時は、子どもは親の老後の面倒をみるのがあたりまえという時代でした。でも姑はそんな常識にはとらわれず、最後まで人に迷惑をかけず、自立して生きていこうという気持ちがあったのです。その凜(りん)とした姿は、本当に尊敬に値すべきものでした。

しかし今のように介護ビジネスが浸透していなかった時代の〝養老院〟というのは、なにかしらうら悲しい感じのする施設が多かったように思います。

姑は、子どもたちに負担をかけたくない一心で、同居を断ったのでしょう。そ

んな母親の気持ちを察した夫は、

「それはいい考えかもしれない。でも同居してみて、もしうまくいかなかったら改めて養老院へ行くことを考えてみたら？」

と提案し、姑もうなずきました。

これがもし、「世話をしてもらうのがあたりまえ」という態度だったら、私も少々抵抗を感じたかもしれませんが、姑の見事な姿を見て、この人となら同居してもやっていける、お世話をしたいと思ったのです。


同居が決まったら、姑はプレハブ平屋建ての母屋ではなく、当時私が仕事部屋にしていた庭の小さなプレハブの小屋で暮らしたいと言い出しました。これには最初、少々びっくりしました。

小屋の大きさは、6帖くらい。うちは来客も多かったので、同居とはいえ自分だけの場所に住むほうが、気兼ねなく生活できると考えたのでしょう。

そこで慌てて、トイレや台所をつくり足しました。するとなんだか楽しくなり、

「表札を出しましょうか」「新聞も別にとりましょう」ということに。うきうきしながら、一緒に小さな冷蔵庫を買ったり、ちょっとした家財道具を揃えたりしました。

こうして、こぢんまりとした、姑だけのかわいらしい〝お城〟が生まれたのです。

なかには、

「お子さんたちと一緒に、母屋に住めばいいのに」

と勧める方もいましたが、姑は聞き流していました。自立心の強い人でしたので、同じ敷地内の別の建物という距離感が、心地よかったのでしょう。そんなふうに、はっきりと自分の価値観を持っている女性でした。

その結果、口さがない人たちは、

「あそこの嫁は、自分は母屋に住み、姑を庭の小屋に追い出した」

などと、ずいぶん陰で悪口を言っていたようです。しかし、人がなにを言おうと関係ありません。

姑も、

「あらまぁ、余計なお世話ね。私たちは満足しているのだから、知らん顔して放っておけばいいわ」

と、さらりと受け流していました。

もし私たち夫婦が、世間体を気にしたり、常識にこだわるタイプの人間だったら、庭の小屋に住みたいという姑の申し出を断ったかもしれません。

しかし姑も夫も私も、世間体にとらわれず、〝自分らしく〟生きることを大切にするという価値観で一致していたのです。

生き方も、老後の暮らし方も、人それぞれ。

自分に正直に生きることが、人生を楽しく幸せに過ごす秘訣ではないでしょうか。

常に自分らしく生きてきた姑の姿が、そのことを私に教えてくれました。

親しき仲にも
「ありがとう」を忘れずに

姑が離れのプレハブの小屋に住むようになったので、食事の時間になると、私は小屋を訪ねていき、

「ご飯ができましたよ」

と声をかけました。すると必ず、

「はい、今行きます。ありがとう」

と返事が返ってきます。

姑は毎日、「ありがとう」のひとことを添えるのを忘れませんでした。それだけで私は、食事の支度をしてよかった、これからも姑の好きなものをつくってあげようと思ったものです。

毎日のなにげないやりとりに必ず「ありがとう」と添えるのは、姑が身につけてきた習慣であると同時に、身内に対しても気遣いを忘れない彼女の人間性そのものであったように思います。

人にしてもらうことをあたりまえとは思わず、必ず感謝の気持ちを添える。それが、品格というものでしょう。

「ありがとう」とは、なんとゆかしく、美しい5文字なのだろうか。姑のことを思い出すとき、ふっとそんな気持ちになります。

たとえば荷物を届けてくれる宅配便の人や、様子を気にかけて電話をくれる知人などに、「ありがとう」を言う機会は身近にいくらでもあるはずです。それなのに私たちはつい、このたった5文字を省略しがちです。

「ありがとう」は、言った本人も言われたほうもやさしい気持ちになる、魔法の言葉です。

使い慣れていない人は、最初は意識しないと、なかなかこの5文字が口をついて出ないかもしれません。

でも意識して口に出すようにしていると、いつの間にか習慣になるものです。するとそこになごやかな空気が生まれ、人間関係も円滑になるはずです。

これからもできるだけ、「ありがとう」のひとことを惜しまずに生きていきたいと思っています。

気遣いと気兼ねは別
無用な気兼ねは
しなくてもいい

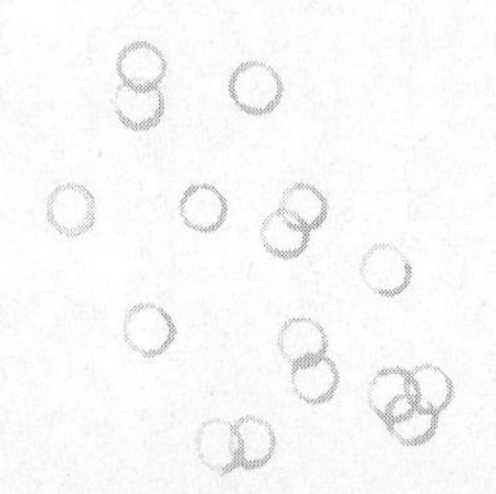

気を遣うことと気兼ねは違います。人間関係を円滑にするためには、やはり最低限、気を遣うことも必要です。

かといって、いつも人に気兼ねをし、遠慮しながら人とつきあうのは、窮屈ですし、ストレスの原因にもなります。

夫と姑と私の三人の暮らしは調和が取れており、余計な遠慮や気兼ねはありませんでした。そうした関係を築けたのは、三人それぞれが個として自立心をしっかり持っていたからだと思います。

夫はワガママで難しいところがあり、かなり口うるさい人でした。何事もきちんとしていないと気がすまないので、私もずいぶん小言を言われたものです。

そんなとき私は姑に冗談で、

「なんであんな大人になったのかしら。母親の育て方が悪かったんじゃない？」

などとよく言ったものです。すると姑は、

「ほんと、親の顔が見たいものだわね」

と、ジョークで応酬してきます。

たまに姑の学習院時代の友人が遊びにいらして、私が手料理を用意し、ミニ同窓会みたいなことをしました。みなさん大層な家の奥さまばかりなので、平屋のプレハブの家など、さぞかし珍しく、びっくりなさったと思います。

私は一時、古谷の秘書のようなことをしていたので、そのときからの習慣で結婚後も古谷の身内は私を「吉沢さん」と呼びます。姑も、私のことをそう呼んでいました。

するとそれを聞きとがめた級友が、姑を部屋の隅に呼び、

「なんであなた、そんな呼び方をするの？　お手伝いさんじゃないのだから、『吉沢さん』はお嫁さんに失礼なんじゃない？」

と意見したそうです。

へぇ、そんなふうに思う人がいるのかと、あとから二人で大笑い。私たちは、それまで通りが一番シックリくるので、その後も呼び方を変えませんでした。

お互い人間どうしのマナーとして気は遣うけれど、気兼ねはしない。いい嫁姑の関係だったと思います。

新しいことを始めるのに
〝遅すぎる〟ことはない

姑は若いころロンドンで身につけた英語を生かし、70代になってから、若い人たちに英語と英語圏でのマナーを教える教室を開きました。

「人に教えるからには、まず自分が向上しなくてはいけない。そう発奮した姑は、50年前に学んだ私の英語力を、現在のロンドンで試したくなってきたわ」

と言ってひとりで海外に出かけ、語学力のブラッシュアップをはかったのです。

その行動力と向上心には、心底、目を見張りました。

ちょうどそのころ、夫と私は古代史の勉強に夢中になっていました。その様子を見て、姑は『古事記』を英訳してみたいと言い出しました。

「へぇ！」と驚き、英訳しやすいように少年少女向けに書き直した『古事記』を渡したところ、

「神様の名前の最後につく『みこと』という言葉の書き方は『命』と『尊』の両方があるけれど、どう違うのかしら？　意味がわからないと英訳できないわ」

と質問されました。夫も私も答えることができず、

「じゃあ調べなきゃね」

などと言いあったものです。

そんなふうに充実した日々を送っていたある日、姑の身内の者が亡くなりました。その悲しみは、察してあまりあります。しかししばらくたつと、

「あまり長くお休みすると申し訳ないから、またレッスンを始めようと思うの」

と言うのです。深い悲しみのなかにあった姑を支えたのは、仕事をしているという責任感と誇りだったように思います。

何歳になっても新しいことに興味を持ち、好奇心も知識欲も旺盛で、自立心に富んでいた姑。あの世代の女性としては、稀有な存在だったと言ってもいいでしょう。

老いても
身だしなみを整えると
気持ちが前向きになる

姑は、身だしなみにとても気を遣う人でした。同居してから気づいたのですが、朝起きるときちっと着替えをし、洗顔後はフランス製の化粧品でうっすらお化粧をし、ブラッシングを100回欠かしません。93歳で認知症を発症するまで、その習慣を守っていました。

たぶん小さいころから家に使用人がいる生活をしており、常に人の目があったので、身だしなみに関して厳しく躾けられたのでしょう。若いころに身につけた習慣を、歳をとっても崩さなかったのです。そんな姑の姿を見て、自分も見習わなくてはいけないなと思いました。

おしゃれと身だしなみは、ニュアンスが少々違います。おしゃれというのは、主におでかけのときにどういう恰好をするかであり、身だしなみは、日常生活のなかできちっとする、ということだと思います。

まずなにより、清潔でいること。私もお風呂には毎日入り、下着も毎日取り替えるようにしていました。ところがさすがに95歳を過ぎてからは、心臓に負担がかかるので、お風呂にあまり入らないようにと医者から言われたのです。そこで最近はもっぱら、シャワーを利用しています。

起きたら着替えるというのも、最低限の身だしなみだと思っています。着替えると生活にけじめがつき、「さぁ、今日も一日が始まる」と、それなりに心構えができるからです。

寝間着のままでウロウロし、朝ごはんを食べたりすると、気持ちがどうも整いません。仕事をしようと思っても、なんとなくずるずるして、始められないのです。

最近、入院したときに初めて一日中パジャマを着る生活をして、これではけじめがつかないと改めて実感しました。こんな生活をしていたら、どんどんだらけてしまい、本当に病人になってしまう。だから、一日も早く家に帰りたいと思いました。

高齢になると万事しんどくなるので、身だしなみにかまわなくなり、生活がずるずるしがちです。だからといってだらしなく過ごしていると、気持ちも後ろ向きになり、なんとなく鬱々としてきます。

いつも前向きな気持ちでいるために、歳を重ねれば重ねるほど、身だしなみは重要だと思います。

誰でも
その歳になってみないと
わからないことがある

姑は、私にいろいろな言葉を残してくれましたが、自分自身が80歳を過ぎてから毎日思い出し、噛みしめているのが、「この歳にならないとわからないことがある」という言葉です。

「自分の体のことなのに、本当にこの歳にならないとわからないことがたくさんあるのよ」

とも言っていました。

姑は自立心が旺盛で、70代で同居を始めてからも、自分のことはなんでも自分でできました。よく一緒に外食にも出かけたし、月に一度は私たちと旅行にもでかけていました。寺社仏閣を見たいというので、京都に行ったり、奈良に行ったり。食べるのも、動くのも、私たちと一緒でした。

ところが80歳を過ぎたころから、目に見えて体が衰えてきたのです。大袈裟ではなく、ひと月ごとに衰えが進んでいく、という感じでした。

いつものように、家族旅行に出かけたときのこと。旅先でタクシーを使ってあ

ちこち回ってホテルに戻ると、

「今日は私、ご飯はいらないから。寝かせてね」

と言うのです。

あの元気な姑が、と、少々ショックでしたが、それが老いるということなのでしょう。夫と私は、

「いくらタクシーを使っても、今日みたいなスケジュールは80歳過ぎの人にはしんどいのね」

と反省しました。

人間は動物ですから、生まれたら死ぬのがあたりまえですし、死が近づいたら衰弱していきます。しかしまだまだ気力が充実しているときには、そんなあたりまえのことに、なかなか気づくことができません。

私は姑という先輩がいたから、老いるとはこういうことなのかを学ぶことができましたし、少しずつ心の準備もできました。本当に「この歳にならないとわからないことがある」と、しみじみ思う今日このごろです。

家族がいても
ひとり時間は必要
自分を取り戻すきっかけになる

あるときから、仕事と家事、夫の世話に、姑の介護が加わり、いよいよ私は忙しくなりました。

それ以前も家事の手抜きをしたら夫の機嫌が悪くなるため、かなり無理をしていましたが、介護はつらい面もあり、精神的に追いつめられていたのでしょう。身も心も疲れきると、ふっと、ひとりになりたいという思いが心の底から突き上げてくるのです。

そんなとき私は、家族にも誰にも言わず、突然ひとりで山を見に青梅(おうめ)に行ったり、海を見に横浜に行ったりしました。ほんの2、3時間でもいい。すべてから解放される自分の時間がほしかったのです。

ときには当てもなくバスに乗り、ぼんやりと座っていることもありました。なにげなく窓から景色を眺めていると、それだけで気分転換になりました。

横浜で海を見て、ちょっと素敵な喫茶店に入ってコーヒーとケーキをいただいているうちに、気持ちがリフレッシュされたこともあります。そして中華街をうろうろするころには、焼売や肉ちまきを見て、

「おばあちゃまが好きだから買って帰ってあげよう」

などと、やさしい心を取り戻しているのです。

その話をご近所に住んでいて昔からよく知っている詩人の谷川俊太郎(たにかわしゅんたろう)さんにしたところ、今風の言葉で「プチ家出だね」と表現して笑っていらっしゃいました。プチ家出は、自分をリセットするひとつの手段。

いろいろな感情がたまってきたとき、パッと家を飛び出して自分ひとりの時間を持つのは、気持ちを切り替えるためのいい方法だと思います。

第4章

生まれて99年 こんな人生を歩んできました

自分の足で立ちたくて
15歳で働き始める

この歳になっても仕事があるのは、本当にありがたいことです。家事や介護と仕事を両立させるため、七転八倒した時期もありましたが、仕事を続けてきてよかったとつくづく思います。

私の世代は、家業を手伝う場合は別として、女性が外で働くことがあたりまえではありませんでした。たとえ一時期、仕事をしたとしても、結婚と同時にやめる人が多数派だったと思います。

ではなぜ、ずっと仕事を続けてきたのか。

ひとつには、自分の足で立っていたかったからです。

私が生まれたのは大正7年。東京の深川だったと聞いています。生まれてすぐに父と母は別れ、母は私をつれて実家に戻りました。物心ついたころは、祖母、叔父、母との四人暮らし。祖母も叔父も私のことをとてもかわいがってくれましたが、子ども心になんとなく、〝居そうろう〟であるような気がして肩身の狭い思いをしたものです。

母は離婚後も、仕事につくことはありませんでした。そうそう女性に仕事がある時代ではなかったこともありますが、かりになにか仕事があったとしても、母は働いて自分の人生を切り開こうという意志を持たない女性であったように思います。そのため結局、別れた父に金銭的に援助をしてもらうしかなかったのです。

自分は不幸だと嘆いて娘にしょっちゅう愚痴をこぼし、人に援助してもらわなくては生きていけない。そんな母の姿は、人としてみじめに思え、思春期の私にはうとましく感じられました。

母みたいな生き方はしたくない。そのためには経済的に自立するしかない。そう思い、15歳から働き始め、家を出て独立しました。

叔父の紹介で就職したのは、時事新報社という出版社でした。私が配属されたのは、社内に設立された大里児童育成会という財団。仕事の内容は、宛名書きや発送などの一般事務です。

財団の母体が出版社でしたので、会社には漫画家や文学青年などが大勢出入りし、私もずいぶん刺激を受けたものです。

財団の理事だったのは、戦後、日本出版協会会長となった石井満さん。石井さんは、今でいうところの仕事のスキルアップのために、タイプライターと速記を習うことを私に勧めてくれました。そういうとき私は、けっこう素直に聞くほうです。

仕事をしながら学校に通うのは忙しかったのですが、速記を覚えたことで仕事が広がり、私の人生は大きく変わっていきました。後に夫となる古谷と出会ったのも、速記を身につけたおかげです。

石井先生は食べることもお好きで、よく会合などにお供として連れていってくださいました。私は好奇心が旺盛ですし、食べるのも大好きです。物おじせず、うれしそうにガツガツ食べる様子を面白がってくださったのでしょう。

そのころにおいしいものを食べたことは、後に食文化に関心を持つ礎になった気がします。

人の勧めを素直に聞くと
思わぬ道が開ける

父母が離婚した後も、父とはときどき会っていました。父は知的好奇心が旺盛な人でしたので、私にいい刺激を与えてくれたように思います。

父からエスペラントを習うことを勧められたのは18歳のときです。エスペラントとは、ポーランドの言語学者が創った国際語で、日本では明治39年に日本エスペラント協会が設立されました。

父は酸素をつくる技術者で、仕事でよくカムチャツカなどに行っていましたが、ロシア語がわからずずいぶん苦労したようです。そんなことから世界共通語のエスペラントに興味を持ったのでしょう。

「エスペラントというのは、世界語なんだよ。やってみたら?」

と言われたのです。

世界の人たちと話せるというエスペラントとはどんなものか、好奇心が湧き、講習会に行ってみることにしました。するとそこに集まっている方たちが、視野が広くて、ものすごく面白いのです。

フランスで精神医学を学んだ宮城音弥(みやぎおとや)先生や、同じくフランスで学んだ生化学者の江上不二夫（えがみふじお）先生など、知の最先端を行く方たちとも知りあいました。海外で学問を学んだ方たちの話は、本当に刺激的で、目が開かされることばかりでした。

言葉はすっかり忘れてしまいましたが、エスペラントの会でのさまざまな人たちとの出会いのおかげで、一気に世界が広がったのです。生涯にわたって友情が続いた友もできましたし、結婚しようと思える人とも、エスペラントの会で出会いました。父の勧めに素直にしたがって、本当によかったと思います。

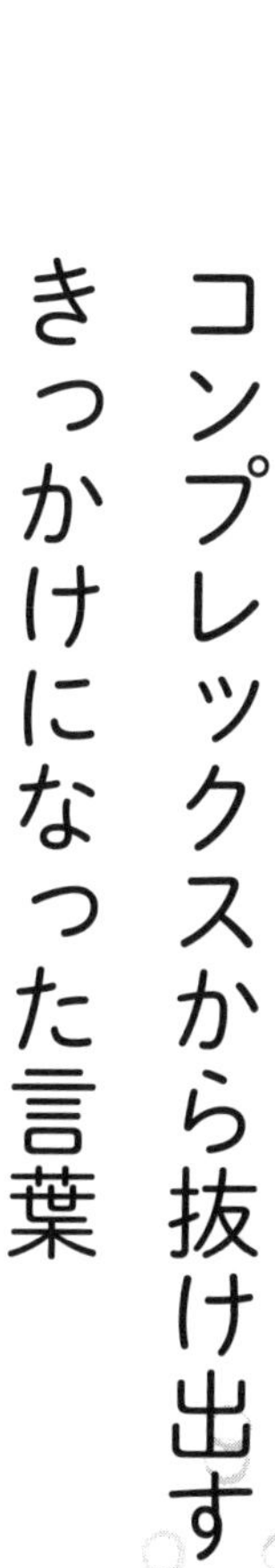

コンプレックスから抜け出す
きっかけになった言葉

私は幼いころから母に、

「おまえのようなオデコで鼻がペチャンコで、お盆みたいなみっともない顔の子は、お嫁のもらい手がない」

と言われ続けてきました。

女の子は誰もが迷いなく、「大きくなったらお嫁さんになる」と思っていた時代。遊び友だちと一緒にいても、〝お嫁のもらい手がない〟自分だけが異質な気がして、なんとなく孤独を感じていました。

どうせお嫁に行けないのだから、職業婦人になろう。実は、そんなちょっぴりすねた気分もあったのです。

母の言葉のせいで容姿に対するコンプレックスが強かった私は、大きくなるにつれ「どうせ私なんか」と卑屈になり、その裏返しで自分を甘やかすようになりました。ひとりで生きていこうと15歳から仕事を始めて家を出たものの、衣食住に関する意欲も失い、「どうでもいい」という捨て鉢な気持ちでいたのです。

どうせ誰も私の暮らしなんか気にとめないのだから、部屋が散らかっていてもいい。どうせなにを着たって似合わないのだから、服装もどうでもいい。

おいしいものは好きでしたが、それだって、

「どうせ私には人生の楽しみなんかないのだから、好きなものを、食べられるときに食べよう」

という、きわめて刹那的な気持ちから。おいしいものを食べたいから自分でつくろうという前向きな気持ちには、なれませんでした。

つまり努力を要することとなると、「どうせ私なんか」という怠惰なところへ逃げ込み、居直った気持ちになっていたのです。

しかし徐々に、このままではダメだ、自分を変えたいという気持ちが芽生えてきました。たぶん、ひがむことにも疲れてしまったのでしょう。

そんなとき、

「顔はその所有者が一生かかってつくりあげる高度な芸術品である」

という言葉と出会ったのです。

自分の顔は自分で責任を持て。

真正面からそう言われて初めて、私は不美人という生まれつきに甘えている無責任さを自覚しました。そして、これからは自分なりの〝顔〟をつくっていきたい。そのために前向きに生きようと、心に決めたのです。

「私はからっぽ」と
思っていると
いろいろなものを吸収できる

つくづく自分が幸運だったと思うのは、若いころから、まわりにすばらしい方々が大勢いた点です。

就職した先は出版社でしたので、鶴見俊輔さんのお父さんで政治家・著述家だった鶴見祐輔先生が遊びに来られたり、『赤毛のアン』の翻訳をなさった村岡花子さん、婦人参政権運動を牽引した市川房枝先生など、仰ぎ見るような先生方が頻繁に出入りしていました。

世の中で活躍している方は、めいめい異なった魅力があります。たとえば市川房枝先生は、ちょっと男性みたいな立ち居振る舞いをしていました。

ある日、いらしていた市川先生が、傘を忘れて帰ろうとしました。私が傘を持って、

「先生！」

と大声を出して追いかけると、

「やっ、ありがとう」

と男みたいに挨拶をされました。私は単純なのか、たったそれだけのことで、「なんと颯爽(さっそう)としているのかしら」と感心して、なぜかうれしくなるのです。

若かったし、能天気でしたので、そんなふうにどんな人を見ても「すごいな」とドキドキしていました。そして、わずかでもいいから憧れの方を真似てみたいと、背伸びをしたものです。

速記者になってからは、講演会や座談会の仕事でいろいろな方のお話を聞けるのも、楽しみのひとつになりました。なるほど、そういう考え方もあるのかと目を開かせられ、刺激を受けることが多かったのです。

私はなにも持っていない。からっぽだ。

そう思っていたから、真似ることもちっとも恥ずかしくないし、プライドが許さないなどとは思わなかったのでしょう。

ですから私の考え方や生き方は、人から学んだことがほとんどです。

素敵な人だと思ったら、少しでも近づけるよう、真似してみる。そうやって少しずつ背伸びをするうちに、いつの間にか、いろいろなことが自分のものになっていったような気がします。

本は世界を広げる扉
私にたくさんのものを
与えてくれた

同世代の友だちと一緒にいてもなんとなく孤独感を抱えていた少女時代の私にとって、本はある意味、かっこうの逃げ場所だったのでしょう。私は本が大好きで、よく読んでいました。少年少女向きの本が中心でしたが、叔父の蔵書も、こっそり読んだりしたものです。

現実に自分が生きているのはちっぽけな世界ですが、本に没頭すると心が解き放たれ、自分の知らない広い世界を自由に駆け巡ることができます。なかでも影響を受けたのが、宮沢賢治(みやざわけんじ)の童話です。私は将来、童話作家になりたいと、ひそかに夢を抱いていました。

20代になってから、宮沢賢治の『農民芸術概論綱要』を読み、私は次の言葉と出会いました。

「世界がぜんたい幸福にならないうちは個人の幸福はあり得ない」

ふっと心を衝かれる言葉との出会いは、これが初めてだったかもしれません。

いろいろ考えさせられ、しっかりと心に刻まれ、人生のなかで最も大切な言葉となりました。

満州事変が起きたのが13歳のときで、日中戦争が始まったのが19歳。27歳で昭和20年の終戦を迎えたので、私の青春時代はまさに戦争とともにあったと言ってもいいでしょう。

戦争で家族を失ったり、貧しさのせいでつらい人生を送っている人も、まわりで大勢見てきました。だからなおさら、「世界がぜんたい幸福にならないうちは……」という言葉が、切実に感じられたのかもしれません。

自分のなかでまだはっきりと形づくられてはいませんでしたが、漠然と感じていた思いを賢治が明快に示してくれた気がし、「あぁ、私が理想とする考え方はこれだ」と思ったのです。

賢治の童話も、大人になって読み直すと、子ども時代とはまた違った感動がありました。なかでも一番好きなのは、『グスコーブドリの伝記』です。

　ブドリはイーハトーブの火山局の技師として働いていましたが、27歳のとき、地域一帯は深刻な冷害に見舞われます。ブドリは火山を人工的に爆発させ、炭酸ガスの温熱効果で冷害を解消させることを提案し、自らは火山に残って爆発とともに命を落とし、イーハトーブを救います。

　みんなの幸福のために自己犠牲の道を選んだブドリの生き方は、賢治の理想だったのではないでしょうか。『グスコーブドリの伝記』にも、「世界がぜんたい幸福にならないうちは個人の幸福はあり得ない」という賢治の思想が、しっかりと貫かれています。

　賢治は一時期、エスペラントの勉強をしています。そうしたさまざまなことも含めて、賢治に惹かれたのでしょう。文学を夢見る乙女だった私は、仲間たちと、「小さな自分の幸せを追うより、世界がぜんたい幸福であることのほうが大事だ」

　などと、真剣に語りあったものでした。

　若いころのそんな理想主義的な思いは、小さな灯となり、生きるうえでの指針となりました。その灯はこの歳になっても、私の心のなかに灯り続けています。

婚約者の死を乗り越えたとき
新しい扉が開いた

栄養について本格的に学ぼうと思ったきっかけは、婚約者の死でした。

外科医の卵だったその方とはエスペラントの勉強会で知りあい、自然に将来結婚しようという気持ちになりました。時代は日中戦争真っただ中。軍国主義の世の中で、結婚していない男女が連れだって町を歩くことなどできません。

おつきあいといってもデートをするわけでもなく、勉強会の後にみんなで食事に行く程度。もっぱら手紙のやり取りで、気持ちを確かめあっていました。

出征して2年目。彼のお父様から、中国で戦病死したことを伝える手紙が届きました。もちろんつらかったですが、当時は死が日常でした。それが戦争というものです。

いつまでも悲しみにひたっていたら、前に進めない。私は、なんとかして彼の思いを引き継ぎたいと考えるようになりました。かといって、医者になることはできません。だったら、自分にはなにができるか。外科はすでに病気になった人のための治療医学ですが、栄養学を学んだら、病気の予防に役立つのではないか。それに自分は、食べることが好きだし――。

そうパッと閃(ひらめ)いて、仕事を続けながら栄養学校の夜学に通うことにしたのです。若さゆえのエネルギーもあったのでしょう。それになにかに集中することで、悲しみを乗り越えようとしたのかもしれません。一所懸命、勉強したように記憶しています。

栄養学をきちんと学んだことは、後に家事評論家として仕事をする際の礎になりました。あのとき、悲しみから自暴自棄にならなくて本当によかった。今さらながらに、そう思います。

日々の生活のなかから生まれた〝家事評論家〟という仕事

後に夫となる古谷とは仕事で出会い、古谷の出征中の留守宅を預かることになりました。

それまで妹（父と再婚相手との間に生まれた異母妹）と二人でアパート暮らしをしていたのですが、妹が結婚したため、私はアパートにひとり残されました。だったら、留守番にいってもいいと思ったのです。

古谷の留守宅に移って間もなく、私が住んでいたアパートは空襲で焼けてしまいました。もしあのとき留守番を断っていたら、私の命もどうなっていたかわかりません。

留守宅には、会社の寮が爆撃を受けた古谷の弟の綱正（つなまさ）さんや同僚も転がり込んできたため、私はまるで下宿屋のオバサン状態でした。昼間は会社に行って仕事をし、家に帰ったら掃除とみなさんの衣類の洗濯。そして食糧難のなか、なんとか食材を調達し、料理をつくらなくてはいけません。

そんなとき私は、いやになってしまうとは思わず、

「よし、なんか創意工夫して乗り切ろう」

と、ファイトが湧くのです。雑草を採ってきておかずにしたり、野菜を育てたり。そんな経験が、後々仕事に役立つことになろうとは、そのときには思ってもみませんでした。

古谷が復員してからは、仕事の秘書をつとめるようになりました。結婚したのは、私が30歳のとき。当時としては、かなり晩婚だったと思います。

夫は思想的にはリベラルでしたが、家庭内ではいわば〝封建的フェミニスト〟。ですから夫にあわせるというより、したがうという感じでした。当時の男の人というのは、まぁ、そんなものでしょう。

結婚後も古谷の秘書として忙しく過ごしつつ、衣食住すべてに気を遣わなくてはいけなかったため、自分なりに家事を工夫して、効率化していました。そうしないと、日々の生活が回らなかったのです。

それを東京日日新聞にいた友人に、

「こんなふうにやっているのよ」

と語ったところ、面白いから生活について書いてみないかと執筆の機会をくれました。こうして昭和25年、「家事評論家・吉沢久子」が誕生したのです。

自分が便利だと思って実践してきたことを書き、多くの人に喜んでもらえたのは、私にとって大きな励みとなりました。そして、どんな小さな仕事であっても、一つひとつの仕事を丁寧に、全力で取り組もうと心に決めました。まさかそれをきっかけに、この歳まで仕事を続けることになるとは！　人生というのは、わからないものです。

結婚をしても
自分の足で立ち続けたい

結婚生活のなかで私がひとつだけ決して譲らなかったのが、仕事をする、ということでした。夫はお茶ひとつ自分で淹(い)れられない人なので、文句を言っていましたが、私は知らん顔。15歳のときから懸命に働いてきて、自分なりに収入を得てきたので、それが一切なくなるのはいやだったのです。

その基本にあるのは、少女時代に感じた、

「人に頼って生きるのはいやだ。自分の足で立っていたい」

という思いでした。

そのかわり、ずいぶん無理もしてきました。家事は100パーセント私の役目。夫や姑の世話をしつつ仕事を続けるなかで、大変なこともいろいろありました。でも〝苦労した〟とは感じません。

ひとつには、戦争の時代を生き抜いてきたからかもしれません。

食べるものもろくにないあの時代に比べたら、たいていのことはたいしたことはありません。それより私にとっては、自分の足で立っているという自負のほうが、大切だったのです。

おかげで夫亡きあとも、なんとか生活を維持できています。夫は自由業だったので、年金が十分にあるわけではありません。私が今、生活水準をそれほど落とさずにそれまでのように暮らしていけるのは、やはり無理をしてでも仕事を続けてきたおかげだと思っています。

考え過ぎて足踏みするより
好奇心と冒険心を
全開にして試してみる

私が家事評論家として仕事を始めたのは、戦後復興期を経て、高度成長時代が始まったころです。新しい電化製品も次々と世に出て、公団住宅でダイニングキッチンが登場するなど、生活様式もガラッと変わっていきました。

ですから新しい時代の家事はどうあるべきか、考え、工夫すべき点が、山ほどあったのです。そこで私はさまざまな調理器具や生活用品を使い、家事を効率よくする方法を日々考えるようになりました。

そのおおもとにあったのは、好奇心だったように思います。

私は若いころから好奇心が旺盛で、なんでも見たいし、聞きたいし、試してみたいと思っていました。ですから新しい道具や電化製品が出たら、ぜひ自分で試したいと思わずにはいられません。

家事に関しても、もっといい方法はないか、もっと効率的なやり方はないかと創意工夫をするのが、楽しくて仕方ありませんでした。

家事を効率よくこなしたら、女性はもっと自由な時間を手に入れることができる。それが、女性の人生を豊かにしてくれるのではないかという希望があったのです。おかげで家事評論家として取り組むテーマは、際限なく見つかりました。好奇心がおもむくままに、いろいろと冒険的なこともしました。

あれは古谷と結婚して数年後でしたので、昭和28年ごろだったと思います。二人で考えて、新しい時代にあった合理的でシンプルな実験住宅を建てようということになりました。戦後復興のなかで洋風のライフスタイルが提唱されるようになった時代。限られた予算でどこまでできるか、試してみたくなったのです。そういうことを考えているときは、ワクワクします。

建坪はたった12坪。それなりに二人で考えたつもりでしたが、結果的にこれは失敗でした。というのも、時間がないなかでいい加減な設計図とありあわせの建材で突貫工事をしたため、実際に暮らしてみたら不便な点がいくつもあったのです。洋風の生活にはカーテンが必要だということに気づかなかったので、予算に入れていなかったのも大失敗。一番の問題は、収納がないため、家のなかが散らかってしまう点でした。

そういうときも、「あらあら、これはちょっと失敗だったわね」と、笑い飛ばしてしまうのが私流。だったら次の手を考えようと、パッと気持ちを切り替えるのです。

そこで昭和35年に積水化学工業がセキスイハウスA型（平屋建）というプレハブ住宅を発表すると、さっそく試してみることにしました。軽量鉄骨で耐震の筋交いがされており、壁のなかに断熱材が入っていて木造より暖かいというのが、買ってみようと思った一番の理由です。それに、新時代の住宅に誰よりも早く住んでみたいという好奇心もありました。

私が今暮らしているのは、そのとき建てた家です。ずいぶん長い間、お世話になったものです。決して広くはありませんが、不足はありません。私にとっては、快適な我が家です。

興味が湧いたら、あまり先々のことまで考えず、躊躇せずに試してみる。うまくいかなかったら、そのとき考えればいいと、どこかのんきに構えているのでしょう。

「家政学」を勉強したわけでもない私が家事評論家として仕事を続けられたのは、なにごともまずは自分で実践してみたからだと思います。

転んでもただでは起きず
負をプラスに転じる

高度経済成長期を迎え、企業がひたすら拡大路線を走るなか、公害や食品添加物など人々の健康や命にかかわるさまざまな問題も表面化してきました。私も生活者として、そうしたことに問題意識を抱くようになりました。

昭和32年7月のある日のこと。私は急性大腸炎にかかりました。胃腸が丈夫で、それまでほとんど胃腸の病気はしたことがなかったのに、激しい下痢におそわれ、熱まで出たのです。とにかく丈夫だけが取り柄だと思っていたので、いったいどうしたのだろうかとびっくりしました。

時節柄、食中毒の可能性もあるので、なにか悪いものを食べなかったか、一所懸命思い出そうとしたのですが、これといって心当たりはありません。

数日後、そういえば前日に出先で青い色のシロップを勧められたことを思い出しました。いやに濃い色だと気にはなりましたが、暑い戸外を歩いた後だったこともあり、つい一気に飲んでしまったのです。

そのシロップが大腸炎の原因かどうかはわかりませんが、ちょうどそのころ、食品に含まれる添加物や防腐剤、着色料などに関心を持っていたので、これを機会に自分なりに調べてみようと思いました。

そこでまず自分の住んでいる地区の保健所を訪ね、食品衛生に関して、いろいろ質問してみたのです。その際、消費者も保健所を気軽に利用して、あやしいと思ったものは調べてほしいと言われました。

その言葉に力を得た私は、ジュース、シロップ、水ようかん、寒天のゼリー、はんぺんなどを買い、再び保健所に出向きました。結果的に当時近所の保健所で検査が可能だったのは、有毒色素の有無のみ。どんな合成保存料が使われているかなど詳しい分析は、衛生研究所でないとできないとのことでした。

ちなみに色素に関しては、寒天ゼリーに禁止添加物が含まれていることがわかりました。

その後、この分野に興味を持った私は、主婦連合会の日用品試験室を訪ねるなどしてさまざまな方にお会いし、私なりにいろいろ学ぶことができました。お腹をこわしたおかげで問題意識が高まり、一歩踏み込んで自分なりにいろいろ調べることができたのです。

そう考えると、急性大腸炎になったことも、決してマイナスではなかったのです。

生活者のまなざしで
社会への関心を持ち続ける

私は99歳の今も、新聞は全国紙を3紙、地方紙を1紙取っています。さすがにこの歳になると目も悪くなるし、体力も気力も衰え、とてもすべての新聞を隅々まで読むことはできません。見出しを見て興味を引く記事だけを、丁寧に読むようにしています。

複数の新聞に目を通すようになったのは、仕事をしていくうえでも必要だからでした。それがいつしか、毎日の習慣となったのです。

私は家事評論家という肩書で仕事をしてきましたが、なにかを「評論」するというより、家事を多角的に実践し、実験・検証し、それを整理して提案してきた、といったほうがいいでしょう。

たとえば世の中にプラスチックという新しい素材が広まった時期には、石油製品にはどのような種類があり、それぞれどんな特徴があるのか、利点と問題点を整理するなど、科学的な視点と消費者の視点を結びつけた記事も書いたりしました。

家事というと、家のなかの雑用と思われがちです。しかし実際は家庭をマネージメントする大事な仕事ですし、決して社会と無関係ではありません。むしろ生活にかかわるさまざまなことは、社会を映す鏡と言っても過言ではありません。たとえば世の中がインフレになれば、家計をどうやりくりするかは重要な課題になります。将来を見据えて、マネープランをたてることも必要でしょう。中東で紛争が起きれば石油価格が高騰し、物価に反映されます。水や空気が汚染されたら、食物連鎖で私たちの口に入るものも汚染されてしまうかもしれません。

健康的な生活を送るには、企業に対して厳しい目を持ち続けることも必要です。またテクノロジーの進歩によって家事のあり方もどんどん変わってくるし、時代によって生活者の意識も変化していきます。

ですから家事や生活についてきちんと考えるには、社会のあらゆることに関心を持ち、世の中の変化を敏感に感じ取るためにアンテナを張っている必要があります。

家事は決して、卑小な雑用ではありません。

家のなかの仕事は、究極的には世界につながっている。そう思って、仕事を続けてきました。

第5章

家事を楽しくこなすには

家事が女性の脳を若々しく保ってくれる

脳に関する著書でよく知られている「脳の学校」代表の加藤俊徳先生と雑誌の仕事でお目にかかったのは、たしか90歳のころだったと思います。事前に脳のMRI検査を受け、結果を診ていただいたのですが、とても脳が若いとほめていただきました。

3、4年前、久しぶりにお会いして再び診ていただいたところ、以前よりよくなっている箇所があるとのことでした。感情やものを考える前頭葉のある部分が、以前より太くなっているというのです。

「へぇ、この歳でもそういうことがあるのか」

とびっくりしました。

加藤先生によると、脳は100歳になっても成長するし、いくつになっても新しいことをつかめるそうです。成長し続けるためには、常に新しいことに興味を持ち、なにか好きなことに取り組むのが大事、とのことでした。

逆に、なにも考えなかったりダラダラ過ごすと、脳はどんどんダメになると言います。せっかく100歳になってもなお成長できる可能性があるのなら、なにか自分の好きなことを見つけて楽しく暮らすほうがよさそうです。

その加藤先生が、家事ほど複雑に脳を使う作業はそうそうないとおっしゃいます。

たとえば料理。

買い物に行き、予算と献立、家族の好みや体調を考えながら食材を買い、つくるとなったら手順や味を考え、同時にいくつもの作業を並行して行わなくてはいけない。女性は日ごろからそういう複雑な脳の使い方をしているからあまり老けないのだと聞き、なるほどと思いました。

長い間、家事はお金を稼ぐ仕事より一段下のことのように思われていました。私も家事にまつわる仕事をしていたため、マスコミの世界でも、なにか一段下みたいな扱いを受けたことはよくあります。

しかし実は家事こそが、女性の若々しさの源でもあったのです。

「こんな複雑なことをいっぺんにできる女性の脳はすごい」

と、専門家が脳研究の観点から家事の価値を認めてくださいました。

家事は苦手、家事は面倒と思っている方も、これこそが若々しさの秘訣だと思い、逃げないようにしたほうがいいのではないでしょうか。

「もったいない精神」は
創造の源
野菜の皮も根も
おいしい料理になる

いつだったか、ちょっといいお料理屋さんに連れていっていただいたとき、小鉢にきんぴらのようなものが盛られていました。でも見たところ、ゴボウより色が淡く、違う野菜のようです。ちょっと胡麻が振ってあり、見かけもきれいだし、とてもおいしくてご飯にもあいそうです。お店の方に、

「これはなんですか？」

と訊ねたところ、

「ウドの皮です」

とのことでした。

それまでお料理の先生方は口々に、ウドの皮は厚くむかないとおいしくないと言っていました。そしてむいた皮は、惜しげもなく捨ててしまうのです。

でもやっぱり本当にお料理の心がある方は、皮までちゃんと使うのですね。それ以来、うちでもウドの皮のきんぴらをよくつくるようになりました。

考えてみたら戦争中の食糧難の時代は、野菜の皮を捨てるなんて、もったいな

くてできませんでした。それどころか雑草まで取ってきて、かたっぱしから食べたものです。

あのころ、食材は隅から隅まで食べるというのが習慣になっていたはずなのに、世の中が豊かになると、いつの間にか工夫する心を忘れてしまいがちなのでしょう。それでは食材に申し訳ないと思います。

根ミツバの根も、おいしい料理になります。私はミツバを買う際は、なるべく根ミツバを選ぶようにし、食べ終わったら根の部分を植えておきます。すると、新しい芽が次々と出てくるのです。

ときには根をちょっと間引きして、よく洗ってヒゲ根をとり、きんぴらにします。香りもよく、すごく上等な料理に見えます。お客様にお出しすると、「へぇっ！」と驚かれ、喜んでいただけます。

あれはいつだったか。愛媛県の宇和島を訪れたとき、空き地に大きく伸びたイタドリ（スカンポ）がたくさん生えているのを見つけました。イタドリは茎のなかが空洞になっており、噛むとちょっと酸っぱくておいしいので、子どものころによく折って噛んだものです。

「そうだ、ジャムにしてみよう」

あの味だったらちょっとルバーブに似たジャムがつくれるのではないかと、パッと閃いたのです。そこで何本か折って、古谷の親戚のうちに持って帰り、試してみることにしました。

親戚の叔母さんは、私が雑草ごときにお砂糖を使うのを見て、

「つらやのう。そがいなもんに砂糖つこぉて」

と嘆いていましたが、とてもおいしいジャムができあがりました。

ちなみにイタドリは、炒めものにしてみりんや醤油で味付けをしても、なかなかおつな味です。

その気になれば、買わなくても食べられるものはたくさんありますし、工夫次第でおいしく変身させられます。そんなちょっとした知恵も、できれば後世に伝えていきたいものです。

育てて食べると
さらにおいしく、
しかも楽しい

我が家には、6帖ほどの広さの、小さな家庭菜園があります。春はコマツナやエンドウマメ、夏はキュウリ、ナス、オクラ、トマト、秋はトウガラシなど。

四季折々の野菜のほか、ニラやネギ、パセリ、ペパーミントなどの香味野菜やハーブも、所狭しと植わっています。

薬味となる香味野菜などは、1束買っても余ることが多いので、植えておいて使う分だけ収穫したほうが合理的です。夏にお客様が見える際など、冷たい水に摘みたてのミントとレモンの薄切りを添えてお出しするだけで、さわやかな夏らしいおもてなしができます。

野菜を育て始めたのは戦争中です。なにせ食料がなにもないので、今日はどうやって食べよう、明日はなにを食べようと、食べ物のことばかり考えていました。ですから庭の草を見ても、

「あれは食べられるのかしら」

とまず考える。お友だちとの会話も、

「ヤツデの葉は食べられないかしら」

「さすがにちょっと無理かもね」

といった具合。そのくらい、食べるものがなかったのです。

そこで自分で育てようと思い、ナスやキュウリの種をまきました。

ほうれん草も食べたかったのですが、手に入らないので育てようと思ったら、近所の農家のおじさんが、その庭は酸性土壌だからほうれん草はうまく育たないと教えてくれました。

なんとか土壌を変えられないかと、毎日かまどから出る灰を鋤きこんだり、近くの道を荷車を引いた馬が通るので、ほうきとチリ取りを持って馬の落し物を拾いに行き、馬糞堆肥をつくったり。

そうやって一所懸命、土壌改良をし、ほうれん草の種をまいて芽が伸びたときには、うれしくて思わず農家のおじさんに、

「おじさん、できた！」
と報告に行きました。

戦後、徐々に世の中の経済が上向きになり、お金を出せばなんでも買える時代になりました。でも戦争中に身につけた「育てて食べる」ことは、ずっと続けてきました。

たとえ小さな畑であっても、庭に野菜があれば自分が食べる分くらいはなんとかまかなえますし、多少曲がったキュウリでも形のいびつなナスでも、とれたての味は格別です。

それに日々育っていく野菜を観察し、生命の営みを身近に感じるのは、外出がままならない私にとって、大きな喜びです。

今では小さな家庭菜園が、日々の生活のうるおいとなっているのです。

保存食づくりは季節の行事
わいわい楽しんで
コミュニケーションの機会に

四季折々の食材に手を加えて、長く楽しめるようにする保存食は、日本の食の知恵です。さすがにこの歳になるとつくることが難しくなり、諦めてしまいましたが、かつては季節ごとにいろいろつくったものです。

たとえば春は蕗（ふき）の青漬け。これは塩をまぶして板ずりし、茹（ゆ）でてからピクルスのように漬け汁に漬けたもの。甘さと酸味のバランスがよく、さっぱりした味わいです。魚の塩焼きの前盛りにしたり、お茶受けに少量を小皿に乗せてお客様にお出しすると、とても喜ばれます。

初夏は紅しょうがや梅干し、らっきょうなど。最近は梅干しを漬けることもできなくなりましたが、以前、漬け方を教えた方が漬けたものを持ってきてくださるので、助かっています。

紅しょうがは、毎年梅酢を持ってきてくださる方がいるので、それに新しょうがを漬けるだけ。紅しょうがは大好きなので、薬味として使うだけではなく、ご飯のおかずとしてもいただきます。

出盛りの時期の安いイチゴや、熟れすぎたトマトなどはジャムにします。はちみつに青梅を漬けたものは、じっくり置いて梅の風味がはちみつにしみ出たら、実は煮てジャムやお菓子の材料にし、はちみつは水で薄めて氷を浮かべ、暑い盛りにいらっしゃるお客様にお出しします。

我が家の冬の行事といえば、ゆべしづくり。もともとは姑が教えていた英会話の生徒さんがつくっておられていたもので、あまりにおいしいので、つくり方を教えていただきました。

柚子（ゆず）はヘタの下、7〜8ミリを輪切りにして柚子釜をつくり、中の身と汁は取り出して別の料理に使います。八丁味噌、みりん、砂糖をよく練ったものを柚子釜に詰め、ヘタの部分で蓋をし、蒸してから数日風干しに。その後、一つひとつを和紙に包み、軒先に1ヵ月以上吊るして完成。

味噌を練るのは、なかなかの力仕事です。この味を覚えたいという方々などにお手伝いいただき、今も我が家の冬の恒例行事として、ゆべしづくりを続けています。

保存食づくりは、いわば年中行事のようなもの。一種のイベントと思えば、楽しくなります。最近はもっぱら監督役に回ることが多いのですが、わいわい言いながらみんなでつくるので、笑い声が絶えません。できたものをみんなで分けあうのも、楽しみです。

おもてなしに見栄は無用
相手への想像力が大事

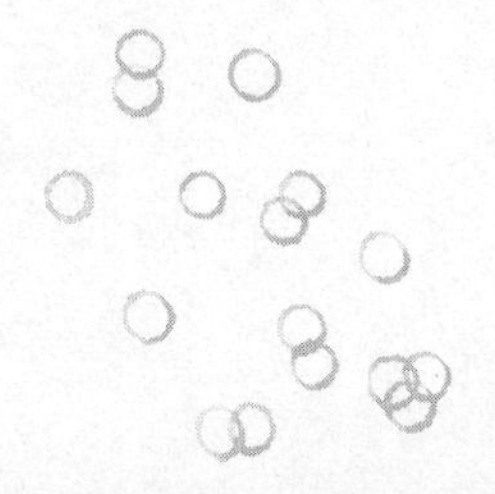

戦争中、仕事が減っていったので、せっかくなら意義のあることをと思い、「老婆聞き書き」を行いました。あちこちのお年を召した女性にお会いして、生活のことなど、さまざまなお話を聞くのです。

女優の北林谷栄（きたばやしたにえ）さんのおばあさまも、「老婆聞き書き」の際にお世話になった方のおひとりです。当時は北林谷栄さんとアパートで二人暮らしをなさっていました。お手洗いは共同。その時代は、それが普通だったのです。

訪問すると、ご挨拶の後、まず、

「お手洗いをお使いになるのでしたら、入って2番目のところをお使いください。おいでになると思って、そこはわたくしがお掃除しておきました」

とおっしゃいました。その瞬間、私は心底脱帽しました。昔の人は、そういうところが本当にキチッとしているのです。

別の日、さらにお話を聞くために、夕方ちょっと遅めの時間に訪問しました。

その前に他の仕事があったため、どうしてもその時間にしか伺えなかったのです。

すると、

「お腹ふさぎにどうぞ」

と、お皿を私の前に出してくださいました。それを見た瞬間の感激は、今もハッキリと覚えています。

お皿には、ひとくち大のおにぎりの上に浅利の佃煮や福神漬けがちょこっと乗ったものが7つくらい美しく盛られ、お漬物が添えてありました。私はそんな小さくて美しいおにぎりを見たことがなかったので、思わず「わぁーっ！」と声をあげ、しばらく眺めていました。


食料品が不足している時代でしたが、夕方なのでたぶん私がお腹をすかせているだろうと想像し、なけなしの食材のなかから小さなおにぎりを用意してくださったのでしょう。私はそのとき、質素な生活のなかでも美しく暮らすことのすばらしさと、相手を思いやる想像力の大事さを教わった気がします。

おもてなしというと、なかには見栄をはり、「どうだ！」といった感じのものを出したい方もいるようです。でも、贅沢なもの、手の込んだものが必ずしもいいわけではありません。なにより大切なのは、相手に対する想像力ではないでしょうか。

70年以上たっても、あのときのおにぎりは忘れることができません。

素敵な方とお会いして、本当に大事なことをいろいろ教えられました。

こまめ洗濯と
こまめ掃除の習慣は
老後になっても役立つ

私は昔から、素肌につける小物やハンカチ、靴下などは、ためてから洗わず、お風呂場や洗面所でちょこちょこっと洗うことを習慣にしていました。
40代から60代はとくに日々忙しかったので、こま切れの時間をうまく利用してこまめに家事をこなさないと、生活が成り立ちませんでした。そこで、自然とこまめ洗濯が身についたのです。

掃除も同様。年末は原稿の締め切りやお正月の準備で忙しいので、まとまった時間をつくるのが大変です。だから大掃除も一気にやるのではなく、こまぎれの時間を利用して、ちょこちょこ前倒しでやっていました。
たとえば食器棚は、今日はこの段と決めて食器を取り出して整理をし、敷紙をはずしてアルコールで拭いて、新しい敷紙に換える。明日は他の段、といった具合です。

歳を取って体がきかなくなってから、実はこの「こまめ家事」の習慣が存外役に立つことに気づきました。汚れをためてしまうと労力が大変で、体に負担がかかるので、毎日ササッとやってしまったほうが老いた身には結局楽なのです。

私は食器を洗った後に、洗剤のついたスポンジでそのままササッとシンクを洗うことにしています。毎日洗っていれば、そうそう汚れはたまりません。

体力にあわせて、あまり無理をせず、できることだけを毎日少しずつやる。ときには人にお願いするなどして、体をいたわるようにしています。

自分の手にあう台所用具を
長く、丁寧に使う

台所の道具は、間にあわせのものは買わないほうがいいと思います。今では100円ショップでさまざまな道具が手に入りますが、茶こしひとつとっても、じっくり選んで長くつきあうほうが、結果的に経済的ですし、暮らしの質もよくなるはずです。

我が家の台所には、50年以上使い続けてきた道具があります。使い勝手がよく、気に入ったものは、どれだけ古くなっても、もったいなくて手放せないのです。

たとえば豆腐すくい。50年くらい前に京都の小さなお店で、銅の線を編んだものを見つけ、少々値は張りましたが気にいったので買いました。すると帰り際に、

「傷んだら、いつでもお直しいたしますから」

と言われたのです。高度経済成長期の真っただ中で、古いものは捨てて次々新しいものを買うのが風潮だったこともあり、この言葉にハッとさせられました。

あるとき、さんざん愛用して形が崩れたので京都へ仕事に行ったついでに店に寄って預けてきたところ、きれいな形になって戻ってきました。それ以来、さら

にその豆腐すくいに愛着が湧きました。

道具のなかには、自分が使いやすいように改造したものもあります。たとえば切れ味があまり気に入らなかったペティナイフ。切れない刃物は使っていてストレスがたまります。そこで一所懸命研ぎに研いだところ、果物の皮もすっとむけるようになりました。切った断面がきれいなので、羊羹(ようかん)などの和菓子を切るのにも重宝しています。

ふきんは台所に欠かせないもの。器を拭くだけではなく、蒸し器にかけたり、玉ねぎのみじん切りやネギをさらしたりするのにも使いますし、私はもみのりをつくるときにも使います。魚料理のときなど、魚の水気を取るのにも便利です。最近は、麻ふきん、大型ガーゼの2枚重ね、綾織、混紡などの既製品のふきん、メッシュ等さまざまなタイプのものが売られています。私もあれこれと試してきましたが、一番自分にしっくりあったのが、昔ながらのさらし木綿です。

さらし木綿とは、やや太い木綿の糸で粗く織った平織の布で、吸水性がよく、丈夫で洗濯にもよく耐えます。値段も安く、1反800円くらいから買えるはずです。

幅は32～34センチが基準で、1反9～10メートル。1反から、約30センチ四方のふきんなら約30枚とれます。食器拭き用には、45～50センチに切ったものが便利で、この長さはひとり用の食卓マットにもなります。

お豆腐の水切りをするときも、さらし木綿で巻いてその上にお皿などを重石として置くと、うまく水を切ることができます。

さらし木綿はまめに漂白をしたり、煮洗いをすると、長持ちします。純白なので清潔感もあるし、なにより惜しげもなく使えるのがいいのです。

どんな台所用具が自分にあうかは、人それぞれ違うと思います。

自分なりの逸品を見つけると、台所仕事も楽しくなるのではないでしょうか。

ひとりご飯にはお盆が便利
食事の時間が楽しくなる

私は日ごろ、ダイニングテーブルで原稿を書いています。大きな窓からは庭が見えるので気持ちがいいし、台所も見えるので、お鍋を火にかけながらでも仕事ができるからです。

仕事が立て込んでいると、ダイニングテーブルの上は資料や書きかけの原稿用紙、筆記用具などに占領されます。食事の時間だからといって、いちいちすべて片づけていたら、仕事の気分が途切れてしまい、再開するのが億劫になります。だからといって、ワーッと原稿用紙が広がった状態でご飯を食べたのでは、なんとなく気持ちがささくれます。

そんなとき重宝するのが、お盆や折敷（おしき）です。

仕事の道具をさっと脇にどけ、つくり置きしておいた味噌汁やきんぴら、塩じゃけ、ご飯を乗せれば、ひとり用の膳のできあがり。ちょっとしたことですが「お盆の上は私の食卓」という気分になり、けじめがつき、気持ちよく食事を楽しめます。

また、パンくずやおかずの汁などを原稿用紙にこぼす心配もありません。これは忙しい生活のなかで、なんとか気持ちよく食事をとるために考え出した工夫でした。

今は以前ほど、仕事に追われることもなくなりました。でも、ひとりで食事をするときは、お盆を使った「ひとり膳」の習慣を続けています。それだけでなぜか自分をもてなしているような気分になり、ちょっぴり心地よいからです。

モノを捨てるより
大事に使い続けたい

最近はなるべくモノを持たず、シンプルに暮らすライフスタイルがよしとされているようです。たしかに家にモノがあふれていると、雑然としやすいですし、なんとなく風通しが悪い感じがします。

私も合理的な整理整頓術については、ずっと考えてきました。家も決して広くはなかったので、限られたスペースでいかに美しく気持ちよく暮らすかは、生活術のテーマのひとつでもあったのです。

そこで30代のころ、どこまで生活をシンプルにできるか、夫と一緒に試してみたことがあります。

とりあえずお皿は白の大小、ご飯茶碗、和洋どちらにも使えるカップ、グラスに絞り、あとは箱に詰め、物置にしまってみました。

和洋関係なくシンプルな食器ですませるようにすると、どの皿を使おうかと迷うこともなくなり、家事の煩雑さが一気に減りました。ところがそんな生活をしばらく続けるうちに、なんだかつまらなくなってきたのです。

たとえば緑茶もコーヒーも味噌汁も、シンプルなカップですませたところ、どうにも味気ないのです。緑茶は趣きのあるお湯のみでいただいたほうが気分がいいし、味噌汁は汁椀でいただくから、味わいがある。お魚はできれば、染付のお皿で食べたいと思いました。

つまり器も含めて料理であり、生活のうるおいであり、表現でもあるのです。結局、しまいこんだ食器を再び戸棚に復活させることにした次第です。

生活の質というのは、合理的かどうかだけではかれません。暮らしの彩りが心の豊かさにもつながるのだと、実験的な生活を経て実感しました。

そもそも私は、「できるだけモノを処分しよう」という昨今の風潮には、手放しで賛成はできません。戦争中や戦後、モノがなくてつらい思いをした経験があるからか、捨てることにそんなに価値があるとは思えないのです。

どんなものでも工夫すれば、なにかしら使い道はあるはず。最後まで使い切るのは、モノに対するマナーだと思います。

ですから、包装紙などの紙類も捨てません。しっかりした紙なら、適当な大きさに折り、食器棚や収納棚の敷紙にします。こうしておくと適度に湿気も吸ってくれるし、棚に汚れもつきにくいのです。

やわらかい紙なら、炒めものの後などフライパンの油をさっと拭くのにも使えますし、きれいな和紙は、ゆべしをつくる際、再利用して柚子を包んでいます。

地球上の資源には、限りがあります。

ですから、なんとか工夫してモノを使い切り、「捨てる」のはいよいよ使えなくなってからにしたいと考えています。

第6章

老いてからも笑って過ごすために

人間、なるようにしか
ならないのだから
先々を不安に思うより、
今を楽しく

「100歳近いのにひとり暮らしなんて、不安じゃありませんか？」

ことあるごとに、そう尋ねられます。

もちろん、不安なこともたくさんあります。しかし、人間いつなにがあるかわからないのは、家族がいても同じ。ですから「ひとりだから不安」という気持ちはありません。

それより、誰にも邪魔されず、自分の好きなように生きられる自由のほうが、私にとっては大事です。

できるだけ人に頼らず、自分らしく生きる。それは私にとって、人生の大きな命題でもあるのです。

さすがにこの歳になると、人の助けを借りなくてはいけないこともたくさんあります。なにせ自分では買い物にも行けないし、家のなかのことも、ひとりでできることはわずかです。

よく訪ねてきてくれる身内の者や友人、知人、ご近所の方……いろいろな方の支えがあってこその、今の暮らしです。本当に、感謝の気持ちでいっぱいです。そのうえで、自分ができる範囲のことは、少しでもいいから自分でやろう。そんな気持ちでいます。


私だって、夜寝られないときなど、なにかしら不安になる日がないわけではありません。しかし次の瞬間、

「先のことを思い悩むなんてバカらしい」

と、自分の不安を打ち消すようにしています。なぜなら、いったんなにかに不安を感じだすとどんどん連鎖的に不安が生まれ、気持ちが後ろ向きになるからです。


人間、なるようにしかなりません。

どうなるかわからない未来におびえながら暮らすよりも、今を精いっぱい楽しんで、笑いながら過ごすほうが、ずっと幸せではないでしょうか。

「ひとり」の老後は
がんばってきた自分への
ご褒美の時間

あれは夫が亡くなった1週間後くらいだったでしょうか。前々から引き受けており、お断りできない仕事があり、大阪へ向かいました。

その日のうちに東京に戻ろうとしたら、雪で新幹線が止まっているのです。私は一瞬、夫の食事の支度をどうしようと焦りましたが、次の瞬間、もうひとりなのだと思い出しました。そのとき、ふわっと心が軽くなったのです。

それまでの私は、「古谷さんの奥さん」であり、「古谷家の嫁」でもありました。姑のことは好きでしたし、夫にもさまざまなことを教わりました。とはいえ、やはり我慢していたことも多かったのでしょう。なにせ毎日、家のことと仕事で限界まで働いて、疲れ果てて寝てしまう。そんな毎日でしたから。

ひとりになったという解放感は、かけがえのないものでした。これからはもう、誰にも気兼ねせずに、自由な気持ちで生きていける。今からが私自身の暮らしなのだと、すがすがしい気持ちになったのです。

ひとりの老後は、それまで一所懸命生きてきたことへのご褒美の時間。私は思う存分、ひとりで生きようと思いました。

50代、60代を
どう過ごすかが大事
老後に大きな差が出てくる

100歳近くになり、振り返ってみると、50代、60代はまだ元気で、気力も体力もそう衰えてはいませんでした。

とはいえ、50代、60代は、人生の下り坂が始まる年代。その後の自分自身の生き方を考えるうえで大切な時期だと、今になってつくづく思います。

私個人について言うと、50代のころ、日本人の生活史について学び、まとめたいという思いを抱きました。日々の生活に追われてまとまった勉強はなかなかできませんでしたし、新しいものごとを学ぶには記憶力も衰えていましたが、それが私の生きがいにもなりました。

そのときに得たものが、今の私の生活を支えてくれていると感じます。

朝日新聞に「吉沢久子の老いじたく考」の連載を始めたのが、79歳のときです。50代、60代で自分なりに学んだことが、この連載を続けていくうえでも、大きな助けとなりました。

残りの人生をどう豊かに、明るく過ごすか。
書くという行為を通してしっかり自分の「老い」と向きあえたのは、本当にかけがえのない時間だったと思います。老いに向かってさまざまな覚悟もできましたし、最後まで笑って生きていくためにはどうしたらいいのか、自分なりの考えを深めることもできました。

このとき老後の生き方をテーマにさまざまな問題提起をしたことで、エッセイや講演など仕事の幅が広がったのも、思わぬ副産物でした。

100歳近くまで仕事を続けられたのは、もちろん多くの方の支えがあってのことですが、やはり50代、60代でしっかりものを考えたことが大きかったように思います。

50代、60代ともなれば、介護なども経験し、老いるとはどういうことか、身をもって感じる方も少なくないはず。それだけに、人の一生を俯瞰して見ることもできる年代ですし、思索を深めるいい時期でもあります。

うかうかしていると、年月はあっという間に過ぎてしまいます。歳を重ねて豊かに生きていくには、人生が上り坂から下り坂に変わる切り替え時期に、いったん立ち止まってしっかり自分自身を見つめることが大事かもしれません。

家を建てるなら
今だけを見ずに
老いたときの自分を
想像して

最近、同年代の友人の家に呼ばれてランチがてら遊びに行ったのですが、広い家というのは老いた身には大変だなとつくづく感じました。広い家にポツンとひとりでいると、なんとはなしに寂しさが押し寄せてきそうで、私は帰るとき、後ろ髪を引かれる気持ちになりました。

人が家を建てるのは、たいてい元気があり、意気軒昂な時期です。お子さんを育てることを考えて、家を新築する人もいるでしょう。ですから、自分たちが弱ったときのことまでは、なかなか考えが及ばないようです。

しかし血気盛んなころに建てた家というのは、老いたとき、住みにくくなってくることが多いのです。子どもが独立し、伴侶も失ってひとりになると、手にあまることも少なくありません。ですから一生そこで暮らすつもりなら、家を建てるとき、将来のことも念頭に置いておいたほうがいいかもしれません。

我が家は昭和35年に建てた、プレハブハウス第1号。平屋のこぢんまりとした家です。なにせ本が多い家でしたので、手狭だと感じた時期もありましたが、古くなっても建て替えないまま60年近くたってしまいました。

足腰が弱ってくると、階段のない平屋の家というのは実に便利です。長年暮らしてきたので使い勝手も慣れていますし、こぢんまりしている点も、老いた身のひとり暮らしにはかえって都合がいいのです。大きな家ですと掃除もままならないでしょうし、そのために人を雇わなくてはいけないなど、面倒なことが増えます。

身の丈にあった家でつつましく暮らしてきたおかげで、90歳を過ぎてもひとり暮らしを続けられているのかもしれません。

今日の力を
明日に持ち越すには
それなりの努力が必要

北林谷栄さんといえば、「日本一のおばあちゃん女優」と言われた方。30代後半から老け役で定評があり、ひょうひょうとしたおばあさんの演技を、懐かしく覚えていらっしゃる方も多いのではないでしょうか。

北林さんと知りあいになったのは、戦争中のこと。後に私の夫となった古谷綱武の妹が滝沢修さんの妻であったこともあり、演劇人とはなにかとご縁がありましたが、北林さんもそのおひとりでした。

あれはたしか、北林さんが70代のころだったと思います。デパートでばったりお会いした際、

「舞台をなさるのは大変でしょう？」

と訊ねたら、

「そうなの。休めないし、体力がいるのよ。今日の力を明日に持ち越すには大変な努力が必要なのよ。でも、その努力を怠ったら仕事ができなくなる」

とおっしゃいました。

60代になり体力が衰え始めていた私の心に、北林さんの言葉がずっしりと響き

ました。私は、はたして努力をしているだろうかと、怠けものの我が身を恥ずかしく思ったのです。そして、自分も明日のために努力をしなければと、身が引き締まりました。

北林さんは、

「舞台に出るときは楽屋に簡易ベッドを持ちこんで、出番じゃないときはそこでひっくり返ったりしているのよ」

とも言っていらした。老いて衰えた自分を客観的に見つめ、体をいたわることも、明日に力を持ち越すためには大事なことなのですね。そして舞台に出たときは、最高の演技を披露する。なんと見事な生き方なのだろうと思いました。

ある年齢を超えると、肉体はどんどん衰えていき、体力も落ちていきます。それでも自分らしく生き続けるためには、努力が必要です。60代で北林さんからいただいた、

「今日の力を明日に持ち越すには努力が必要」

という言葉は、それ以降、私の座右の銘のようになり、忘れたことがありません。

北林さんは98歳で亡くなられましたが、90歳過ぎまで映画に出られています。本当に長く活躍なさった方ですが、その裏には心身を健やかに保つ努力とともに、強い意志をお持ちだったのだなと、つくづく尊敬をいたします。

歳を重ねれば重ねるほど「傲慢は身を滅ぼす」を心に刻んで

飯田深雪（いいだみゆき）先生は、料理研究家であり、アートフラワーの創始者でもあります。私はテレビの料理番組の司会をしていたころに、何度も先生にお目にかかり、洗練されたマナーや料理のセンスに憧れたものです。

飯田先生は戦前、外交官夫人としてアメリカやヨーロッパ、インドなどで生活をされていましたが、戦後の混乱で財産を失い、一時はバラック暮らしを経験なさったそうです。

そうした生活のなかで料理やお菓子をつくって生計を立てているうちに、いろいろな人から請われ、料理やアートフラワーを教えるようになりました。

その先生がおっしゃった言葉で忘れられないのが、「傲慢は身を滅ぼす」でした。先生の人生経験のなかから、身をもって感じた真実だったのでしょう。本当にその通りだなと、心にすとんと落ちてきました。

「傲慢は身を滅ぼす」という言葉は、仕事をしていくうえでも自分への戒めとなりましたが、歳を重ねるとまた別の意味合いを感じるようになりました。

夫は生前、

「オレが死んだら、誰も注意してくれないぞ」

と言っていました。たしかにその通りで、ある程度の歳になると、なかなか人は忠告してくれなくなります。

また歳を重ねると、自分の経験や意見に固執し、他人の意見や考えを受け入れる柔軟性を失いがちです。しかし他人の言葉に耳を貸さないでいると、視野も狭くなるし、頑固で気難しい人だと思われて人が離れていきます。


年長というだけで若い人に上から目線で接していると、年下の人たちから疎まれるのは当然でしょう。もちろん長く生きてきたなかで得た経験は貴重なものかもしれませんが、だからといって、すべて自分が正しいと思うのは傲慢です。

若い人はたしかに未熟かもしれませんが、若い人ならではの感性があるし、年寄りが知らないことをたくさん知っています。若い人にも敬意を払い、いろいろなことに興味を持って訊ねたり意見を求めると、今までの自分が知らなかった新しい世界が開ける場合もあります。

歳を重ねて孤独にならないためにも、年長者だからといって傲慢にならず、柔軟性のあるみずみずしい感性を保ちたいものです。

「できない」ことを受け入れたうえで小さな工夫をしてみる

この歳になると、日々肉体が衰えていきます。昨日できたことが、今日にはもうできない、その連続です。

たとえば今の私には、一所懸命掃除をすることもできません。体力がついていかないのです。しゃがむことができないので、床のゴミを拾うことすらできません。

ですから少しくらい汚れていようが、もうかまわない。私にはできないことなのだからと、あきらめています。無理をして転んだりしたら、元も子もありませんから。

掃除や、料理、買い物は、姪や甥の奥さん、ご縁のある方などに手伝ってもらっています。玄関や外の掃除、家庭菜園の世話は、甥にお願いしています。私は最低限のことしかしません。

外出も、ひとりでは行けません。杖をついても、足元が危ないのです。ですから誰かに頼んで車で連れていってもらうなど、人の助けを借りなくてはどこにも行けません。

そんなふうに、日々、できないことが増えていきます。それが、老いるということです。

私は新聞を3紙取っていますが、郵便受けから3紙一緒に取ろうとして、その重さによろよろしたこともあります。まさか新聞を重く感じる日が来るなんて、若いころには想像したこともありませんでした。

そこであるとき、ピンクの小さな台車を買いました。宅配便で食材やお取り寄せのお菓子などが届いたときも、配達員の方に台車に乗せてもらえば、なんとかゆっくり台所まで運ぶことができます。

料理も、年齢とともにできないことが増えていきます。大好きだった柿とこんにゃくの白和えも、今の私の力ではすり鉢でゴマをすることができません。どうしようかと思案し、湯通ししたお豆腐とすりゴマをフードプロセッサーでペースト状にしたところ、とてもなめらかで、それまでとは違う食感をおいしく感じました。

最近は洗い物も、面倒に感じる日があります。そこでなるべく負担を減らすよう、自分なりに工夫しています。

朝食は長年パンとなにか1品おかずをつくって食べていましたが、ほうれん草のバター炒めや目玉焼きをつくるとフライパンも使うし、パンとおかずでお皿も2枚汚れます。そこでちょっと厚めのチヂミをたくさん焼いておき、小分けして冷凍しておくことにしたのです。

小麦粉を牛乳で溶いて、卵を割り入れ、ニラやサクラエビなど好きなものをたっぷり入れて。これなら栄養的にもバランスが取れます。

食べる際は、トースターで焼くだけ。パンとおかずの朝食より手間がかからないし、洗い物も減るので楽です。

年齢とともに肉体は衰えていきます。でも、失ったものを数えて嘆いていたら、どんどん気持ちが暗くなり、みじめな気持ちになるばかりです。人によっては愚痴が増え、まわりの人を辟易させるかもしれません。ですから、老いてからも明るく楽しく生きるには、衰えを受け入れ、できないことはあきらめる潔さが大事です。

同時に、能力が落ちたら、それに変わる方法を工夫してみてはどうでしょう。なにかしら新しい方法が見つかると、気分が前向きになり、それだけでちょっぴり楽しくなります。

最期まで譲れないのは
おいしいものを食べること

歳を重ねると、できないことも増えますが、「これだけは譲れない」というものを持つのも大切です。

私の場合、繰り返しになりますが、それは「おいしいものを食べる」こと。普段はつつましく暮らしていますが、食べることに関しては、お金をケチらないと決めています。

ここ数年、重宝しているのが、お取り寄せです。野菜は家庭菜園だけでは足りないので、熊本県の菊池市から送ってもらっています。農家のおかみさんたちがやっている「きくちのまんま」という市場の野菜を、現地の知りあいにお金を預けて、見繕って送ってもらうのです。

ジャガイモやカボチャなどは、父の出身地である北海道の余市から。その他、気にいったお菓子なども、お取り寄せすることがあります。

届いた食材などが多すぎる際は、〝お福分け〟。ご近所の方々、顔を見せてくれたお友だちなどに、差し上げています。

歳を重ねたら、いろいろ不自由が多いものです。かつてと同じように暮らせなくても、与えられた今の生活を自分らしく楽しむことができたら、充分幸せだと私は考えています。

老いてからの暮らしは
今までの自分を
もてなすつもりで

私は器が好きで、若いころから気に入ったものを集めていました。なかには作家ものの陶器や漆器など高価なものもあり、特別なときのため、大事にしまっていました。

でも、あるときふっと、思ったのです。あと何回、お気に入りの食器で料理をいただけるだろうか、と。

私はしまいこんでいた食器をすべて出してきて、普段使いすることにしました。以前は、もし落としたり傷つけたらもったいないと思っていましたが、今は違います。万が一、割れても、モノには寿命があると思えばいいのです。

それより、使わないまま眠っていることのほうが、よほどもったいない。そんなふうに考えが変わりました。

気に入った器に、好きなおかずを盛って食卓に置くと、それだけで食べ慣れたものもいっそうおいしく感じられます。それに器を手に入れたときの情景もふっと蘇ったりして、楽しいのです。

何十年か前に長野の善光寺前の古道具屋さんで買った蛸唐草の長方形の魚皿は、万年筆を入れて使っています。それだけで仕事をするときも、なにかいい気分になるのです。

器ひとつで、たとえささやかな食事でも、贅沢な時間になります。残りの時間、好きなものに囲まれて、豊かな気持ちで過ごしたいと思います。

自分らしく生きるために
できる限り
自分のことは自分で

ここ数年、古くから親しくしている方の娘さんが、遠くから来て、しばらく我が家に滞在していろいろ手伝ってくれます。彼女のお母様は、私より2歳上。普段は彼女が、お母様のお世話をしています。

高齢者のお世話に慣れていることもあり、彼女は私が薬を飲もうとすると、さっと水を持ってきてくれます。さすがよく気がつくなと、感心していました。

彼女が帰ると、私は薬を飲むのに、水の用意をするのを忘れてしまいました。これには本当にびっくりしました。短い期間とはいえ、なにからなにまでやってもらうことに慣れてしまっていたのですね。些細なことかもしれませんが、私はこれを自分への警鐘と捉えました。

自分を甘やかすと、タガが緩んでしまい、「できること」がどんどん減ってしまいます。その速度は、歳を重ねれば重ねるほど速いのです。そのうち、トイレにひとりで行くことも、ご飯を食べることも、できなくなってしまうかもしれません。

少しでも長く、自分らしく生きるためには、できるうちは自分のことは自分でしたほうがいい。つくづく、そう実感しました。

規則正しく生活をすることも大切です。歳を重ねると、つい生活がずるずるしがちですが、意識して規則正しいメリハリのある生活をすることで、日々新鮮な気持ちで過ごせるのではないでしょうか。

朝は8時半に起床。もともと宵っ張りだったので、このくらいの時間がちょうどいいのです。

起きたらまず、家の雨戸を開けます。高齢者のひとり暮らしということで、ご近所の方々がなにかと気にかけてくださいます。みなさんにご心配をおかけしないよう、雨戸を開けるのは、私の義務だと思っています。

でもこれが、ひと苦労。運動のつもりでやっていますが、雨戸の開け閉めができなくなったら、今の家でのひとり暮らしは難しいのかなと考えています。

夏など早く目覚めたときは、寝室の窓を開けて風を通してから、もう1回寝ることもあります。これがけっこう、気持ちいいのです。

着替えた後、庭の草花に水をやりがてら野菜の育ち具合を観察したり、ちょっと片付けものをしたり。それから朝食の準備に取りかかります。

古谷が生きているころから、我が家は1日2食が習慣となっていました。古谷は夕方、お酒を飲みながら食べるのですが、空腹でないとお酒がおいしくないというのです。ただしお姑さんには、3食出していましたが。

私も2食がすっかり習慣になっているので、その分、朝はしっかり食べます。パンと野菜料理、卵、果物、ヨーグルト。ときにはチヂミも。これが、私の元気のもと。小腹が空いたら、お菓子とお茶をいただきます。


朝食後は読売新聞、朝日新聞、毎日新聞の全国紙3紙と、新潟日報に目を通します。やはり世の中で起きていることは、知っておきたいですから。

それから執筆を少々。以前は新潟日報に週に1回、連載をしていましたが、最近はときどき短期入院するため、月に2回にしてもらっています。

午後は取材にいらっしゃる方や編集者とお会いしたり、知人や在宅ドクターも訪ねてきますし、毎日あれこれと予定が詰まっています。

夕食は6時半。これも、古谷がいるころからの習慣です。主菜はいろいろで、魚を焼くこともあるし、お肉をいただくことも。それにきんぴらごぼうなどの常備菜、野菜のおひたし、取り寄せた佃煮、お味噌汁、そんな感じが多いでしょうか。ときにはお肉を焼いて、たっぷりいただくこともあります。

この歳で、毎日充実しているというのは、本当に幸せなことだと思います。

寝られないときは
気持ちを切り替えて
明日の楽しみのために
時間を使う

以前の私は、とにかく毎日忙しくて、夜は倒れこむようにして眠るという感じでした。ところが90歳を過ぎたころから、ときどき寝つけない夜を迎えるようになったのです。これも、老化のひとつの表れでしょう。

そんなとき、「あぁ、寝られない。どうしよう」と焦ると、不安がふくらみます。ですからいっそ気持ちを切り替えて、台所に行って翌朝の朝ごはんの下ごしらえをしたりします。

たとえば、ニンジンのスープ。サイコロ状に切って茹でておけば、翌朝フードプロセッサーにかけて牛乳を入れて、お鍋にかけるだけ。これが、とてもおいしいのです。

明日の朝は、好物のニンジンのスープが飲める。そう思うと、ちょっぴりウキウキしてきます。そして一段落してから再びベッドに戻ると、案外眠れたりもします。

ときには、紅茶にブランデーを落としたものやワインを1杯楽しみます。体が温かくなり、リラックスして、寝つきがよくなるのです。それでも寝られないときは、無理して寝ようとはせず、ベッドで横になっています。それだけでも休息になるからです。

睡眠が、健康にとって大切なことは確かです。しかし、寝られなかったからといって死ぬわけではありません。

なにごともあまり深刻に考えずに、小さな楽しみを見つけて過ごす。それでいいと思っています。

病気になってもくよくよせず
病気とつきあってみる

体が丈夫で病気とはほとんど縁なくきましたが、さすがにここ数年、不調が出てきました。ふらふらすると思ったら、肺に水がたまり、貧血も起こしていたのです。心臓も、ちょっと問題があるようです。

そこで、月に1回訪問してもらっている在宅ドクターに大きな病院を紹介してもらい、定期的に短期入院をして、肺の水を抜いて輸血もしています。

この歳になると、体に不具合があるのはあたりまえ。心臓だって100年近く動き続けたのですから、少々くたびれるのは当然です。だったら今まで未知だった「病気」という状態や、自分の肉体、病院の人々の様子などを観察して、面白がってしまおう。そんな気持ちでいます。

病院の食事があまり口にあわなかったので、初めて入院したときはちょっと痩せましたが、今は身内の者などがいろいろ買ってきてくれるので、逆に太ってしまうくらいです。おかげで看護師さんからは、

「気をつけてくださいね」

と注意されました。

でも、老い先短い身。食べたいものを食べたいじゃありませんか。

そこで先生に、

「おやつくらい、いいですよね」

と恐る恐る聞いたところ、

「食べ過ぎなかったらいいですよ」

と、笑っておっしゃいました。

一日中、寝間着でいると気持ちが後ろ向きになると気づいたのも、入院したおかげです。

高齢になるとなにごとも億劫なので、つい身じまいもいい加減になりがちです。入院中の自分を観察したおかげで、きちんとしなくてはいけないと、改めて自分を戒めることもできました。

残された人たちに
迷惑をかけないように
「死にじたく」は
人生の集大成

人はいつなんどき、どうなるかわかりません。弟と妹が立て続けに亡くなったとき、そのことを実感し、いざというときのための準備をしておかなくては、と心が引き締まる思いでした。

とくに私はひとり暮らしで、子どももいませんから、残されたものたちが困らないよう、きちんとしておく必要があります。そこで夫を亡くして間もない66歳のとき、正式な遺書を作成しました。

具体的には、家や金銭、持ち物や蔵書の整理、寄付のリストなど、自分の希望いっさいを記載した書類をつくりました。

財産といえば、築60年近い古びたプレハブぐらいのものですが、確かな書類がなければ、権利の継承や売却などもスムーズにいきません。また自己流につくった書類だと、のちにトラブルになるケースがあるとも聞いていました。

そこで戸籍の調査費用などさまざまな経費が多少かかりましたが、弁護士さんにお願いして正式な遺書を作成しました。

本に関しては、受け入れてくださるところが見つかったので、すでにほとんど送ってあります。今、家に残っている本も、私が死んだらそこに行くことになっています。

たくさんあった食器は、いろいろな方にもらっていただきました。まだ手をつけていない箱もあるのですが、重たいので自分では整理ができません。近いうちに人に手伝ってもらい、形見分けのつもりでご縁のある若い方にもらっていただくつもりです。

延命治療は拒否するということも、身内の者に伝えてあります。

延命治療の件や死後の手続き等を誰に託すかは、慎重に考えなくてはいけません。誰かに後事を託したら、ほかの肉親たちにもそのことを伝えておいたほうが、後々トラブルがないと思います。

自分の意思をきちんとした形にして肉親に伝えたあとは、どこか気持ちがさっぱりしました。老いてからすっきりとした気持ちで、自分らしく生きるためにも、やっておいてよかったなと思います。

誰かが亡くなった後、残された人がどう処分していいのかわからないものの代表が、手紙と写真だそうです。それを聞いて以来、私は手紙や写真を意識して手放すようにしています。私には子どもがいないので、自分で処分しておかないと、あとをみてくれる人に迷惑をかけてしまうからです。

写真も手紙も、ゴミとして捨てるのは心が痛みます。そこで信州の飯田に文供養をやるところがあると聞き、古い手紙をそこに持っていって焼いてもらったこともあります。古谷宛の手紙でとっておいたものもありましたが、そろそろ処分しようと考えています。

遺言書はつくってありますし、死んでからも少しでも社会のお役に立てるよう、献体の登録もしています。

お葬式はしないこと。

これもちゃんと託してあるし、自分が死んだときの通知もすでに自分の手で書いてあります。

残していく人たちにいらぬ面倒をかけたくないなら、それなりのしまい方を考えるべきだと思います。

あとは一日、一日、「今日も幸せ」と思って笑って生きていければ、と思います。

解説　特別な隣人、吉沢久子さん

谷川俊太郎

吉沢さんは、僕にとっては文字どおりの隣人でした。

吉沢さんのご主人である古谷綱武さんは、成城高校に通っていた頃から僕の父親（谷川徹三、哲学者）を自宅まで訪ねてきていたそうです。綱武さんは僕より二十歳以上、年長なので、産まれる前からつながりがあったことになります。

物心がついた頃にはお互いの自宅も「同じ町内」になっていて、時々、我が家にいらして、お酒を飲んだりしていたらしい。

綱武さんには奥さんと娘さんがいましたが、いつのまにかその家庭がなくなり、吉沢さんがいらっしゃるようになりました。思春期だった僕は「どうなってるんだろう」と戸惑っていたのを覚えています。詳しい事情はわかりません。

その後、綱武さんが召集されて、当時、一緒に仕事をしていた吉沢さんに留守宅の管理をお願いしたのが始まりだったようです。籍を入れたのは、あとからだったのでしょうか。

吉沢さんは私生活のことは話されないので、ご自身の本では、綱武さんとの関係について「つれあいというより仕事つれあい」というように書かれていました。

綱武さんたちが終戦後に建てられた家は、うちの隣りのようなものだったので、ますます往来はさかんになりました。東京の阿佐ヶ谷です。僕は、家出した一時期を除けば、ずっと阿佐ヶ谷で暮らしています。

吉沢さんの本には、僕の父親と、料理や惣菜のやりとりをしていたことや僕の母親から料理を教わったというようなことも書いてありました。うちの母親は料理が上手で食通だった父も、おふくろの料理がいちばんおいしい、と言っていたくらいです。

吉沢さんは、ご自分で作られたおかずのお裾分けをしてくれることもあったのですが、やっぱりおいしかったです。

吉沢さんとはそういうお付き合いだったので、「むれの会」の人に頼まれて、「吉沢久子さん」という詩を書いたこともありました（「むれの会」は綱武氏が仲間たちとつくった勉強会のようなもので、その活動は吉沢さんが引き継いでいた）。吉沢さんについて何か書いてほしいと依頼されて、「それならば、詩を作ります」と言ったのです。吉沢さんが亡くなる一年ほど前の会報（『むれ集う――私たちの学校ごっこ』）に載せられたのがこの詩です。

吉沢久子さん

どんな肩書きよりも
私にとっては穏やかな隣人
それも二人といない特別な隣人
と言うのがいちばんふさわしい人

七十有余年前の戦後のきつい時代から

この今のたるんで不穏な時代まで
嘘からも偽善からも遠く
きちんと自分と自分の暮らしを
男を尻目に貫いてきた人

禅僧が一筆で書いた円相は数多いが
そのどれにも負けない見えない円を
柔らかい物腰と微笑みで
今も吉沢さんは書いている

僕から見た吉沢さんの印象をそのまま詩にしました。そういう人柄は昔から変わらなかったです。とにかく吉沢さんは控えめでつつましい人でした。常に人のことを考えていて、誰が相手でも心優しく接していました。

五年ほど前、「親を看取る」というテーマで雑誌対談をしたこともありました。吉沢さんは、長く綱武さんのお母さんと一緒に暮らされていたのですが、ご本人は、介護施設に入ると言われたのに、吉沢さんが「一緒に暮らしてみませんか」と誘われたそうです。

一緒に暮らしているうちに、そのお義母さんが少しボケられてしまった。うちの母親のほうが先にボケていたのですが、当時はまだ認知症という言葉も一般的にはなっていない時代でした。

吉沢さんは、僕が書いた『おばあちゃん』という絵本を読んでいてくれたそうです。この時代としては他にない、認知症をテーマにした絵本で（一九八二年刊）、ボケてしまったおばあちゃんのことを、孫が宇宙人になったじゃないかと言うようになる話です。それで吉沢さんは、一緒に暮らしているお義母さんのこともボケたと思うのはやめられた。「宇宙人になったと思えば、変なことを口にしていても受け流しやすくなるので、気持ちがラクになりました」と話されていました。

若い頃の吉沢さんは童話作家になりたいという夢も持たれていたそうですが、僕から見れば、自分たちとは住んでいる世界が別なところにあるリアリストというか、「実生活の人」という感じでした。

詩の世界などは抽象的で、現場というものがないのに対して、吉沢さんは家庭や台所という現場を持って、多くの本を書いてこられました。僕たちのように根無し草な人間とは覚悟が違います。

戦前戦中は「家事評論」なんて分野はなかったのに、戦後まもなく、家事評論のベストセラーを出されたのですから功績は大きいです。生活と分離したミシュラン的なことをやったわけではなく、普通の人たちの毎日の食卓に合うような料理を扱っていたのも、他の人とはひと味違うところでした。百歳が近づいていた頃にも立て続けに本を出していたのもすごいなと思っていました。

吉沢さんは、いくつになっても自立した生活を送りたいと言ってひとり暮らしを続けられていましたが、最後は人に迷惑をかけないようにと介護付き病院に入ったとお聞きしています。痛いとか苦しいとかいうことがなく、静かに亡くなったと聞きましたので、「よかったね」と思いました。歳をとれば、手術を受けたりするようなことなく、自然にポックリ亡くなるのが理想ですから。

そういうところまでを含めて、吉沢さんはお手本のような人です。僕のように抽象的なところで生きてきている人間にとっては、とくにそうです。
住んでいる世界は違うようでも、同時代を生きてきた女性だという感覚はすごくあります。戦中、戦後、現代と、僕たちが生きてきた時代を抽象的に描写するのではなく、具体的な暮らし向きなどを書き残してくれているのはありがたいことです。年齢はひと回りほど僕が下になりますが、共通している体験も多く、親近感があります。

いまはインターネットなどですぐに情報が手に入れられますが、昔は「年寄りの知恵」というものがありました。わからないことがあれば年寄りに話を聞くのが当たり前だったのに、それがなくなってしまった。だけど、吉沢さんの話はインターネットで得られる情報なんかとは違うわけです。生活感があって、古風な感じもする、積み重ねによる知識は、若い人にも新鮮に映るのではないでしょうか。
吉沢さんが残してくれた文章は、知識であると同時に知恵でもあります。これから生きていく人たちにはこういう知恵を学んで欲しいです。

（談）

（たにかわ・しゅんたろう　詩人）

『さっぱりと欲ばらず』二〇一七年二月　中央公論新社刊

中公文庫

さっぱりと欲(よく)ばらず

2021年2月25日　初版発行

著　者　吉沢久子(よしざわひさこ)

発行者　松田陽三

発行所　中央公論新社

〒100-8152　東京都千代田区大手町1-7-1
電話　販売　03-5299-1730　編集　03-5299-1890
URL http://www.chuko.co.jp/

印　刷　大日本印刷
製　本　大日本印刷

Published by CHUOKORON-SHINSHA, INC.
Printed in Japan　ISBN978-4-12-207038-7 C1195